Esecutiva dominante

Collezione di dominazione erotica

Titolo

Esecutiva dominante

Di

Erika Sanders

Serie

Collezione di dominazione erotica

Prima edizione: luglio 2020

Siti web dell'autrice:

https://twitter.com/ErikaSanders98

https://www.instagram.com/erikasamanthasanders/

Sinossi

Richard Carrington è il proprietario di un'azienda che ha seri problemi finanziari.

A causa di ciò potresti non riuscire a sbarcare il lunario per i dipendenti.

L'unica soluzione per salvare l'azienda è un bellissimo dirigente che propone un patto: denaro in cambio di un favore

Fino a che punto Richard sarà disposto ad andare in cambio di mantenere a galla la sua compagnia?

Esecutiva dominante è un romanzo con un forte contenuto di BDSM erotico e, a sua volta, un nuovo romanzo appartenente alla collezione di Dominazione Erotica, una serie di romanzi con un alto contenuto di BDSM romantico ed erotico.

Nota sull'autrice

Erika Sanders è una nota scrittrice internazionale che firma i suoi scritti più erotici, lontano dalla sua solita prosa, con il suo nome da nubile.

Pagine web dell'autrice:
https://twitter.com/ErikaSanders98
https://www.instagram.com/erikasamanthasanders/
Contatto email:
erikasanders98@gmail.com

ESECUTIVA DOMINANTE
DI
ERIKA SANDERS

CAPITOLO 1

Ci sono momenti nella tua vita in cui sei al limite.

Il tuo stomaco sembra essere schiacciato da un branco di elefanti e non sei sicuro che svegliarti la mattina sia la cosa migliore per te.

Sono attualmente in quella circostanza.

È come se fossi sul bordo di una scogliera.

Guardo impaurito le rocce frastagliate sottostanti e prego per un salvagente.

Mi fa ancora più male sapere che è probabile che porti molte brave persone davanti a me.

Le persone che non hanno idea di oscillare sul bordo dello stesso precipizio.

Sorrisi e annuii a Janeth, la nostra segretaria, mentre camminava oltre la sua scrivania.

Ho trascorso settimane a convincerla a lasciare la sua posizione sicura e ben finanziata presso uno studio legale e venire con noi.

Le promesse di stock option e ricchezza oltre i suoi sogni la convinsero finalmente ad assumersi il rischio.

Era meravigliosamente organizzata, qualcuno di cui avevamo profondamente bisogno.

Se hai controllato la tua scrivania, potresti essere sicuro che tutto sarebbe pulito e senza crepe.

Il mio cuore si è fermato per un momento quando ho visto le foto dei suoi tre figli nell'angolo della sua scrivania.

Una madre single con tutti i test che ne derivano.

E sto portando lei e i suoi figli giù dalla scogliera.

Mi sentivo di nuovo male.

Entrai nel mio ufficio, beh, più come un cubo al centro del piano dell'ufficio aperto.

Potrei rivedere l'intera azienda da qui.

Mi sono appena seduto e ho fatto una revisione di trecentosessanta gradi per vedere tutti che lavoravano sodo.

Mi sono seduto e mi sono nascosto.

Tutto crollerà lunedì.

Non ero sicuro di poter pagare il libro paga.

Lo stress mi colpisce con un'onda.

Mi sono subito fermato a guardare la mia pattumiera e ho lanciato la colazione.

Janeth corse mentre era impegnato a chiudere la fodera di plastica.

"Stai bene, signor Carrington?" chiese con preoccupazione materna.

"No, mi getterò da una scogliera dopo averli investiti dappertutto", pensai tra me e me.

"C'era qualcosa che non andava nella mia colazione", ho mentito.

"C'è una specie di influenza là fuori", ha aggiunto Janeth, "forse dovresti prenderti un giorno libero e guarire."

L'idea di nascondersi a casa era molto interessante, ma non c'era nulla che potesse fare da casa.

Ho bisogno di più capitale di investimento per ieri.

Tutti i miei canali normali si erano prosciugati.

"No, starò bene", dissi, "lo lavo via un po 'e torno."

Cercò di non respirare mentre passava il bidone della spazzatura nelle mie mani.

Lo sguardo preoccupato di Janeth era difficile da ignorare.

Tra tutte le persone, aveva il quadro più vicino delle condizioni dell'azienda, ma non sapeva che un prestito da mezzo milione di dollari sarebbe dovuto lunedì.

Sapeva, tuttavia, che io e la banca avevamo avuto alcune chiamate accese.

"Non c'è estensione" era l'ultima parola.

Non ci è voluto un lettore mentale per rendersi conto che qualcosa non andava.

Ha avuto un incontro piuttosto delicato con un venture capitalist in un'ora.

Fu uno scatto casuale, ma doveva sparare da qualche parte.

A questo punto, era disposto a scambiare qualsiasi cosa con chiunque fosse disposto a sostenere le finanze.

Avevo solo bisogno di tempo.

Mancano solo sei mesi per un buon flusso di cassa.

Oltrepassai Ralph Seams e le sue numerose schermate di codice sorgente.

L'uomo viveva in un mondo binario.

Portarlo con noi è stata una delle mie migliori vittorie.

Non aveva idea di come poter gestire quattro schermi piatti senza senso, ma la sua magia sembrava sempre funzionare.

Sono appena arrivato in bagno quando mi sono ricordato della sua nuova macchina, della sua nuova casa e della sua nuova moglie.

Ha rivoluzionato la mia bile nel modo più doloroso.

Meritavo il dolore.

Avrebbe dovuto fare di più male.

La nave stava affondando e mi ero dimenticato di comprare scialuppe di salvataggio.

Mi ci sono voluti alcuni minuti per ritrovare la calma.

Mi lavai la faccia e rimasi scioccato dai miei occhi rossi insonne.

Era a un passo dall'essere un extra di un capitolo di "The Walking Dead".

Non c'è da stupirsi che Janeth pensasse di avere l'influenza.

Mi sono risciacquato la bocca un paio di dozzine di volte e ho raddrizzato i capelli.

L'uomo allo specchio sembrava dieci anni più vecchio di un mese fa.

Ho fatto un paio di respiri profondi e ho ridotto la frequenza cardiaca a un livello gestibile.

Ero il capitano di questa nave che affondava.

Avevo bisogno di tenerlo insieme.

Era la mia fiducia che tutti dovevano vedere.

Era quello che doveva riflettere quando cercava di impressionare al prossimo incontro.

Voleva che tornassi a essere lo stesso.

La forza trainante che aveva messo insieme questo non aveva paura.

Ho messo l'inevitabile nella parte posteriore della mia mente.

Era solo mercoledì e c'era molto tempo per riparare un disastro di mezzo milione di dollari.

Dopo essermi scrollato di dosso una mattina di odio per me stesso, ho coraggiosamente lasciato il bagno.

Aveva un sorriso per tutti.

CAPITOLO 2

Quando Virginia Buttingson entrò negli uffici, il normale rumore del luogo passò al silenzio.

Era una donna imponente e controllava un gran numero di dollari di capitale di rischio.

Era vestita per conquistare una sottile gonna blu navy e un'elegante camicetta bianca con una sciarpa svasata rossa.

Indossava una cintura di pelle con anelli intrecciati e legava l'abito in una giacca corta blu scuro inclinata.

I suoi meticolosi capelli castani erano nel mezzo di un ricciolo, separati dal suo viso e tenuti dietro le spalle con un piccolo fiocco blu scuro.

Il rossetto rosso forte e il mascara scuro le danno un aspetto pignolo.

Sembrava avere quarant'anni.

I suoi occhi acuti sembravano criticare ogni angolo dell'ufficio.

Dietro la signora Buttingson c'erano tre individui con l'aspetto tipico degli avvocati: tutti uomini e tutti in giacca e cravatta nera.

Stavano quasi bloccando il corridoio, quindi furono condotti nella sala conferenze.

Ho fatto un respiro profondo e ho portato il mio combattente in superficie.

Mi sembrava davvero di avere un paio di ragazzi in giacca e cravatta dietro di me che camminavano, quindi non mi sentivo così in inferiorità numerica.

Le presentazioni sono andate bene e sono entrato in uno spettacolo per cani e gatti.

Ho esposto per trenta minuti per promuovere la fattibilità della nostra soluzione software basata su cloud.

Aveva in mente tutti i numeri e i grafici, insieme a una vasta gamma di dati di marketing, strutture di costo meravigliosamente sviluppate e un elenco di partner di grado A.

Stavo per entrare in una demo del software vero e proprio quando mi sono fermato all'improvviso.

"Non mi stai dicendo niente che non sai", disse Buttingson senza mezzi termini.

Stavo aspettando che continuasse, possibilmente dirmi cosa volevo sapere.

Invece, ho ricevuto un silenzio mortale e i suoi occhi forti hanno riempito di buchi la mia fiducia precedente.

"Quali ulteriori informazioni stai cercando, signorina Buttingson?" Gliel'ho chiesto nel miglior modo possibile.

Ho mantenuto la mia faccia ferma, volendo che vedesse che nulla che potesse dire o fare mi avrebbe disturbato.

"Il suo livello di disperazione", rispose rapidamente.

I suoi occhi non hanno mai lasciato i miei e non c'era umorismo sulle sue labbra.

Mi aveva inzuppato.

"Non sono sicuro di sapere cosa intendi", ho risposto, cercando di mantenere la mia posizione.

Le visioni della mia colazione nella spazzatura possono colpirmi di nuovo.

"Possiamo avere un momento in privato?" Era un ordine per le sue tre tonalità di abito nero.

Si alzarono come uno e uscirono dalla stanza.

Quando la porta si chiuse dietro di loro, la loro attenzione tornò su di me.

"Entro lunedì avrai finito. Verrai qui e dirai a tutte quelle persone che hanno confidato in te che le stai fregando. I miei contabili mi dicono che non sarai nemmeno in grado di fare il libro paga finale."

Il mio stomaco ha inviato un po 'di bile.

L'ho annegata di nuovo.

"Non so da dove ottenga le sue informazioni, ma ..." Ho iniziato a difendere la compagnia, ma lei mi ha fermato con una mano alzata.

"Non darmi una fottuta scusa." Sembrava conoscere i miei problemi in dettaglio. "Ma posso far sparire tutto. Dormirai bene la notte e queste persone non ti considereranno feccia dalla suola delle loro scarpe. Dobbiamo solo raggiungere un accordo."

Accidenti, non ero pronto per questo.

Sapeva che mi aveva intrappolato e stava per essere fottuto in capitale.

Non mi sono mai sentito così minuscolo in vita mia.

Mi sono rialzato e mi sono messo in guardia.

"Cos'hai in mente?"

Non avrebbe perso altro tempo a cercare di truccarsi di più.

Sapeva già che stava nuotando nel buio.

"Ho due opzioni per te, nessuna delle quali ti piacerà" dichiarò con determinazione. "Nella prima opzione, aspetto fino a lunedì, quando la banca richiede il tuo prestito e raccolgo i pezzi di ciò che resta della società. Penso che tu abbia un buon prodotto qui e dovresti essere in grado di portarlo alla redditività entro sei-dodici Mesi. Posso tagliare gli stipendi dei dipendenti che mi sono utili e licenziare quelli che sono in eccesso per me. Non sarebbe una vittoria perché tutti ti incolperanno del disastro. "

Mi aspettavo un sorriso malvagio, ma ho visto solo la stessa faccia da uomo d'affari.

La odiava per avere i soldi per essere così crudele.

"Sarebbe molto spiacevole" dissi fermamente.

Ora ho ricevuto un sorriso.

Non era cattiva, era una vincitrice.

Penso che le piacesse la mia disperazione, ma voleva darmi una via d'uscita.

Non ho dovuto aspettare a lungo per l'opzione due.

"Nella seconda opzione, firmo ed estendo il suo prestito e gli do altri cinquecentomila di capitale circolante".

Il suo sorriso aumentò.

Fino ad ora, ero con lei in questa opzione.

Stavo aspettando la parte "ricatto".

"In cambio, ho il quarantanove per cento di azioni e ..." Fece una pausa e abbassò la voce, "alcune considerazioni aggiuntive."

Potresti vivere con la perdita di scorte.

Non aveva davvero altra scelta ed era sorpresa di non voler controllare l'interesse dell'azienda.

Il restante capitale, il 51%, è stata una piacevole sorpresa, ma le "considerazioni aggiuntive" sembravano quasi illegali.

Ho evitato le leggi, ma non ero favorevole a infrangerle.

"Definisci" considerazioni aggiuntive ", chiesi in tono meno autorevole.

Si alzò e camminò verso di me in modo poco professionale.

Il suo sorriso andò dalla vittoria alla crudele e le unì gli occhi.

"Gli uomini come te mi incuriosiscono." Spostò il suo viso scomodo vicino al mio. "Sei intelligente, motivato e ami essere al comando. È ciò che alla fine porterà al successo della tua azienda. Mi piace trattare con uomini come te. Non negli affari, ma in privato."

Si fermò e io deglutii a fatica.

I suoi talloni le fecero venire gli occhi all'altezza dei miei, rendendo difficile provare a sentirsi superiori.

"Ti do quello che vuoi e prendo quello che voglio."

Si voltò di scatto, tornò al suo posto e si sedette.

Ho notato che ha lasciato un leggero profumo muschiato sulla sua scia.

"In privato?"

Volevo che fosse chiaro.

Non era sicuro di cosa si aspettasse, ma doveva essere meglio che dire a Janeth che era disoccupata.

"Molto privato."

Il suo sorriso e i suoi occhi si ammorbidirono.

Erano quasi invitanti.

"Non posso prometterti che ti piace, ma lo farò."

Non potevo credere che stavo considerando questo.

Non era più dura per gli occhi e non era poi così vecchia.

Non poteva portarmi più di dieci anni con me.

"Cosa ci si aspetterebbe da me?" Ho chiesto.

Stavo ancora deglutendo a fatica.

Non era abituato a essere così fuori controllo.

Forse il fallimento sarebbe meglio di così.

Il suo sorriso divenne lussurioso.

"Sarai la mia cagna ubbidiente", disse e scrollò le spalle. "Un paio di volte all'anno, finché non mi annoierò con te. Gli altri affari rimarranno intatti quando avrò finito con te."

La parola "cagna" risuonava nella mia mente.

"Mi obbedirai completamente per ventiquattro ore; non si verificherà alcun danno fisico permanente, ma conta solo il mio piacere."

CAPITOLO 3

"Non sono sicuro di poterlo fare."

Mi è venuta l'idea di provare una piccola trattativa, forse provare a fissare dei limiti.

"Tutto o niente, signor Carrington. Scambia un po 'di orgoglio personale con me e il tuo orgoglio pubblico rimarrà intatto."

Non lasciava nulla aperto alla negoziazione.

Sono stato fregato in entrambi i modi.

"Ho bisogno di una decisione. Non mi interessa se non sei completamente impegnato."

Non aveva troppe opzioni e nemmeno il tempo.

Mi immaginavo di fronte alla vergogna del fallimento e del fallimento dei miei dipendenti.

Il tempo e il capitale circolante offerti avrebbero fatto brillare l'azienda come mai prima d'ora.

Potrei essere una puttana per ventiquattro ore.

Sono dipendente dal successo.

"Affare concluso" fu tutto ciò che dissi.

"Va bene," disse, e guardò nella sua valigetta, "Ecco una chiave con il mio indirizzo allegato. Sarà lì questo sabato alle 9:00. Nessun altro dovrebbe conoscere questa parte del nostro accordo." Mi diede di nuovo quel sorriso caldo e invitante. "Chiamiamo i ragazzi per rivedere i documenti."

Presi la chiave e me la misi in tasca.

Sono rimasto scioccato nello scoprire che la signora Buttingson aveva chiarito tutto nei documenti.

Poteva esercitare il diritto di lasciare tutto, senza fornire alcuna motivazione, il prossimo lunedì.

All'improvviso mi sentivo come se mi stessero stringendo la mano.

E con gli altri nella stanza, la nostra conversazione è stata meno schietta.

"Devo solo avere il fine settimana per considerare le opzioni", ha detto, "devo assicurarmi che entrambi possiamo rispettare i nostri impegni".

"In che modo protegge i miei interessi?" Ho risposto: "Ho intenzione di attuare pienamente tutti i termini del contratto, verbale e scritto. Non ho alcuna garanzia che farà lo stesso".

Non avevo idea di come costruire la fiducia necessaria per rendere felici entrambi.

Dopo questo fine settimana, potremmo avere la fiducia necessaria, ma oggi ce n'era poco.

"Farò prolungare il tuo prestito per un mese in buona fede, senza impegno", rispose.

"Accettato." Ho sorriso.

Per un altro mese potrebbe non valere la pena di sopportare il suo fine settimana, ma almeno questo mi ha dato del tempo per trovare un'altra soluzione se tutto questo andasse in pezzi.

Sono rimasto sorpreso dalla rapidità con cui è stata in grado di estendere il prestito con una semplice telefonata.

Ci provavo da quattro mesi, supplicando di non udire.

Una telefonata da parte sua e ho avuto altri trenta giorni.

Devi rispettare, o odiare, quel tipo di potere.

E mi sono unito alla prostituzione pochi minuti dopo.

Non era scritto negli accordi, ma mi stava su come un'incudine.

Ero suo o avrei avuto la possibilità di essere picchiato a morte dalle persone che mi hanno trascinato in rovina.

Mi sono preso un peso da solo, ma un altro ha preso il suo posto.

Ci salutiamo con tutta la cordialità di essere nuovi partner commerciali.

La mia compagnia sarebbe sopravvissuta fintanto che avrei potuto accettare i suoi termini.

CAPITOLO 4

Sabato è arrivato molto più veloce di quanto mi sarebbe piaciuto.

Come ci si prepara ad essere una 'cagna obbediente'?

Non avevo idea di aver cercato quel tipo di compagnia una volta prima.

Quel tipo di compagnia era frustrato dalla mia tenerezza e dai miei preliminari.

Penso sempre che le donne siano più fragili di quanto non siano in realtà.

Voglio dire, mi piace portarli a casa tanto quanto qualsiasi altro ragazzo.

Ho solo bisogno del tuo permesso prima.

Mi sono fatto la doccia, mi sono rasato e ho tagliato alcuni peli in eccesso.

Ho usato una notevole quantità di deodorante e mi sono schizzato un po 'dopo la rasatura.

Almeno non avrebbe un cattivo odore.

Non avevo idea di cosa indossare.

Ho deciso di indossare abiti da lavoro casual.

Era buono per la maggior parte delle occasioni e occupava l'ottanta per cento del mio guardaroba.

L'altro venti percento consisteva in jeans e magliette.

***

Mi sono fermato a casa sua aspettandomi di trovare un grande palazzo e ho scoperto qualcosa di molto meno ostentato.

Era una semplice casa di mattoni in stile coloniale a due piani.

Aveva quattro colonne a due piani che sostenevano il tetto sopra il portico.

Un prato ben curato e vasi di cemento pieni di fiori lo facevano apparire pulito.

Gli alberi erano tutti di età avanzata e offrivano una piacevole vista della casa.

Parcheggiai sul vialetto e suonai il campanello.

La signora Buttingson mi ha aperto la porta con un sorriso piacevole.

"Okay, sei un po 'in anticipo. Per favore, entra" disse aprendo la porta.

L'atrio era composto da due piani con un gigantesco lampadario appeso al soffitto.

Aveva centinaia di cristalli sfaccettati che riflettevano la luce del mattino.

Il pavimento sembrava fatto di un unico foglio di marmo, tutto bianco con venature nere che non si spezzavano da una parete all'altra.

Tutto sembrava sfarzoso in modo ricco.

Anche i telai che supportavano il lavoro ovviamente costoso erano perfettamente integrati con l'atmosfera della stanza.

Una bella scala in legno conduceva al secondo piano.

L'unica cosa che sembrava fuori posto era un grande cesto di vimini vuoto vicino alla porta d'ingresso.

"Nervoso?" lei chiese.

"Apprensivo", ho risposto.

Le sue labbra erano rosse come quelle del nostro primo incontro.

Il colore del suo rossetto si scontrò grosso modo con la sua pelle pallida.

Aveva raccolto i capelli in un'unica treccia che correva al centro della schiena.

Mi è venuto in mente "Potentemente attraente".

"Non esserlo. Ti dirò quello che voglio. Non pensare, fallo e basta." Mi stava regalando di nuovo quel sorriso amichevole. "È una cosa di controllo, mi piace controllare i controller."

Adesso era nervoso.

"Abbiamo parole sicure o qualcosa del genere?"

Aveva fatto una piccola ricerca per quanto riguarda il dominio.

Avevo pensato che fosse dove stava andando, e l'avevo appena confermato.

"Ogni volta che senti che è troppo, puoi andartene senza problemi", ha detto senza un sorriso, "ma ovviamente ciò annullerebbe i nostri accordi".

Ho sorriso alla situazione.

A volte devi solo entrare nei buchi che scavi.

Devi solo farlo con fiducia.

"Immagino di essere tutto tuo" dissi con un'alzata di spalle.

"Mi piacerebbe cancellarti quel sorriso dal viso", rivelò.

Il suo sorriso ora era più grande del mio e non era più amichevole.

Ho costretto il mio ad aumentarlo.

Vedremo quanto di me può cambiare.

Rise del mio sorriso.

"Sapevo che sarebbe stato divertente."

Il grande orologio in cima alle scale cominciò a battere l'ora.

"Voglio tutte le tue cose in quel cestino. Ecco dove dovrebbero essere fino a quando non vai", disse, indicando il cestino di vimini.

Adesso era in suo possesso ed era un ordine.

Semplice, ho pensato.

Lasciai le chiavi, il telefono, l'orologio e il portafoglio nel cestino e mi voltai a guardarla.

"Ho detto tutte le tue cose, cagna!" Lei ha ordinato.

Il suo tono mi colse di sorpresa.

Per qualche ragione, ho pensato che sarebbe stato un po 'più cordiale.

Ho stretto i denti quando ho capito che si stava riferendo ai miei vestiti.

Sapevo che ci saremmo arrivati in tempo, ma stavo pensando alla camera da letto o qualcosa del genere.

Mi misi la polo sopra la testa e la lanciai nel cestino.

Ero a disagio che si fosse mosso così in fretta per fare la sua richiesta.

Ho rallentato a un ritmo più lento: il mio ritmo.

Mi inginocchiai e slacciai casualmente la scarpa.

Ho sentito il ronzio prima di sentire la punta acuta sulla mia schiena nuda.

"Merda!" Ho urlato, più per la sorpresa che per il dolore.

"Più veloce, sei in mio potere, cagna!" ha corretto.

Ho guardato la faccia di un demone.

Le stesse labbra rosse, semplicemente increspate in un'espressione del male.

Nella sua mano, un cavallo equestre nero lungo circa due piedi.

Alla fine c'era un pezzo di pelle avvolto.

Questo è stato il punto in cui ho davvero iniziato a mettere in discussione la sanità mentale dell'accordo che avevo raggiunto.

L'orologio non aveva nemmeno finito il suo nono squillo e stava avendo serie riserve.

Avevo perso il sorriso.

"E non ci saranno più esplosioni disgustose dalla tua bocca", continuò, "mi rivolgerai a me come Padrona. Capisci?"

Avevo una visione in testa di alzarmi e colpire il pugno su quelle labbra rosse succulenti.

Ma ho visto Janeth piangere e Ralph che cercava di confortare la sua nuova moglie.

Lo stomaco mi batteva forte.

"Sì," dissi piano e accelerai il nudo.

Il clic fu più forte e io rabbrividii prima che mi colpisse.

Ho trattenuto una tempesta di espettorato e ho appena emesso un piccolo ringhio.

"Se quello?" richiesto.

Era una sottomissione totale.

Era contro ogni cosa nel mio essere.

Ventiquattro ore?

Non ero sicuro di cosa sarebbe successo nel primo minuto.

"Sì, padrona" dissi sottovoce.

Gettai rapidamente scarpe e calzini nel cestino e mi alzai per togliermi i pantaloni.

Il suo sorriso era tornato.

Torna al sorriso caldo e accogliente.

Accidenti, le era piaciuto.

L'ho preferita fastidiosa.

Era arrabbiato ed era giusto che soffrisse anche lei.

Mi sono tolto i boxer e i pantaloni con un solo movimento.

Non li ho messi nel cestino.

Invece, li ho buttati via con un atteggiamento di disgusto.

Non mi è piaciuto.

Il cestino scivolò di qualche centimetro con la forza.

Ho ricevuto un sorriso sarcastico.

Non ero sicuro che fosse a causa del mio atteggiamento o del fatto che il mio cazzo ora esposto non mostrasse molto interesse per la situazione.

"In ginocchio!" richiesto.

Caddi rapidamente a terra, il freddo marmo mi schiacciava le ginocchia.

Ho mantenuto la mia espressione di disgusto e mi è sembrato stimolante, per quanto un uomo nudo potesse, nei suoi occhi.

"Guarda giù!" lei ha ordinato.

Questa volta mi sono mosso lentamente.

Mi sono assicurato prima di dargli uno sguardo inquietante mentre i miei occhi si spostavano sui suoi, lungo il suo petto, oltre il suo bacino e fino ai suoi piedi.

Era piuttosto magra e in forma per quaranta.

"Cagna di quarant'anni", mi sono corretto.

Si sporse accanto al mio orecchio.

"Resta così. Mentre mi preparo, pensa a una buona scusa con il cestino per l'accaduto," sussurrò ad alta voce.

Il suo alito caldo mi fece rabbrividire lungo la schiena.

Le sue parole mandarono furia attraverso il mio sangue.

Dannazione se mi scuserò per un cestino.

Si diresse verso le scale.

CAPITOLO 5

La volpe mi ha lasciato lì, inginocchiato sul freddo marmo, per quindici minuti.

Lo sapevo, perché ho tradito guardando l'orologio in cima alle scale.

Ho dovuto mostrare la mia ribellione dove potevo.

Rimanevano solo ventitre e tre quarti.

La mia testa era abbassata, ma i miei occhi filtrarono segretamente verso l'alto mentre il demone scendeva le scale.

Mi aspettavo una specie di vestito magro in lattice nero con tacchi a punta lunga.

Ma non mi aspettavo cosa stesse scendendo le scale.

Era completamente nuda.

Niente, nemmeno gioielli o decorazioni.

La sua mano reggeva ancora con sicurezza la frusta maledetta.

Ho maledetto il mio cazzo mentre iniziava a rispondere leggermente al suo seno che rimbalzava ad ogni passo che facevo.

Stava salendo le scale, mostrando chiaramente il risultato di qualsiasi programma di allenamento eseguito.

"Cagna, cagna, cagna," ho corretto il mio cervello.

Il mio cazzo mi ha ignorato come un traditore viscido.

Si fermò di fronte a me, con la testa che puntava ai suoi piedi, i miei occhi che si scrutavano tra le sue gambe.

Mi odiava per voler vedere.

Eccola, a cinquanta centimetri di distanza, una bella fessura senza peli, nuda come il giorno in cui era nato.

Ho deglutito prima di sbavare e costringere i miei occhi a terra.

'Cagna, cagna, cagna. E cazzo il mio cazzo insidioso. '

"Le tue scuse?" Sembrava una domanda, ma sapevo che era un ordine.

Mi ero completamente dimenticato di trovarne uno.

È solo un cesto di merda.

"Mi dispiace cestino" mormorai.

Non riusciva a credere quanto fosse imbarazzante dirlo.

Il clic mi avvertì ancora una volta di ciò che stava per accadere.

"Quello ... non ... sembra ... sincero!"

Sottolineava ogni parola con una frustata dalla frusta alla mia coscia e fianchi.

Uno alla volta era gestibile.

Ho involontariamente arricciato gli occhi e ho a malapena apprezzato la raffica di pugni.

Le visioni di afferrare la cosa dalla sua mano e frustare attraverso il suo corpo inondarono il mio cervello.

Perché sono d'accordo con questo?

Si fermò, immaginai che mi avrebbe lasciato riprovare.

Lascio che i miei occhi si alzino un po ', più per vedere se un altro colpo sta arrivando.

Quello che vidi fu qualcosa che brillava sulle labbra della sua vagina.

Il mio dolore la eccitava.

Questa è stata una sconfitta, non importa come ho reagito.

"Mi dispiace tanto, signora Basket. Non ti mancherò mai più di mancare di rispetto."

L'ho estratto dalla parte superiore della mia testa e l'ho spiegato chiaramente.

La strega si accovacciò al mio livello.

Osservai brevemente mentre le sue labbra inferiori si aprivano e mostravano il fiore rosa bagnato.

Mi ha sollevato il mento e ha costretto i miei occhi a quelli di lei.

"Ti credo", disse con quell'amorevole sorriso.

Accidenti, l'ho resa di nuovo felice.

E quelle fottute labbra rosse lucenti erano a pochi centimetri dalle mie.

Li volevo tra i denti per poter mordere e vedere se il loro sangue era rosso.

Ero sicuro che la mia rabbia fosse evidente sul mio viso.

Il suo sorriso aumentò quando i suoi occhi caddero tra le mie gambe.

Il mio cazzo aveva deciso di ignorare la mia rabbia e godermi la sua nudità.

"Toccalo e ti mostrerò la vera rabbia", ha sottolineato con le labbra rosso rubino.

Ha sottolineato il suo punto toccando leggermente la mia erezione con l'estremità di cuoio della frusta.

Rabbrividivo per le implicazioni.

Il mio cazzo insidioso si spostò sull'attenzione.

Vaffanculo, era tutto ciò che mi veniva in mente.

Si alzò mentre inclinava la testa a terra.

I miei occhi tornarono in piedi, notando che le loro unghie erano impeccabilmente dipinte di uno smalto rosso brillante.

"Seguimi" mi ordinò e si diresse verso le scale.

"Sì, signora" dissi senza pensare.

Strinsi le mani a pugni per punirmi per essermi innamorato del suo gioco.

Mi facevano male le gambe quando mi alzavo.

Non si sono davvero goduti la posizione in ginocchio e si sono lamentati fino a quando non sono stato in grado di raddrizzarli di nuovo.

Salendo le scale sono riuscito a far fluire il sangue attraverso di loro e riacquistare il loro vigore.

L'ho seguita da dietro salendo i gradini a disagio.

Ho immaginato situazioni con una specie di camera di tortura.

E vedere il suo culo stretto non stava aiutando nulla nella situazione.

Ad ogni passo oscillava a destra o sinistra, ma non rimbalzava mai.

Era come un cuscino solido che implorava di essere accarezzato.

Ho tenuto le mani ferme e ho cercato disperatamente di ignorare la vista.

Cagna, cagna, cagna.

CAPITOLO 6

L'ho seguita lungo il corridoio fino a una stanza all'altro capo.

L'apprensione mi ha colpito di nuovo duramente.

Ecco esattamente dove sarebbe una stanza del sesso privata.

Lontano dal solito passaggio in cui gli ospiti non avrebbero potuto inciampare.

Il mio cuore ha accelerato un po '.

L'idea di essere legata a uno strano artefatto con la strega demoniaca in completo controllo non era un'idea molto piacevole.

Potrei giocare sottomesso, ma non credo di poter andare fino in fondo.

Ho rallentato i miei passi, cercando di concedermi del tempo per pensare.

Non era nemmeno passata un'ora intera.

L'ho vista scomparire nella stanza.

Mi sono fermato, ho chiuso gli occhi e ho cercato di pensare fino a che punto ero preparato ad andare.

Era disposto ad andare avanti finché poteva fermarlo se lo voleva.

Questa era la linea che non era disposto a superare.

Essere schiavi non era un'opzione.

Anche se dovessi aspettare in fila per i disoccupati, non glielo darei.

Il mio orgoglio è tornato duro.

Ho camminato in avanti con uno scopo.

Questo stava cominciando a finire ora.

Entrai nella stanza e persi il filo dei miei pensieri.

La stanza era luminosa e ariosa.

Due portefinestre si aprivano su un balcone coperto di vasi di fiori colorati che davano alla stanza il suo profumo.

C'era un cassettone bianco con bottiglie e lozioni e una pila di asciugamani bianchi freschi.

Al centro della stanza c'era un lettino da massaggio.

E lei giaceva a pancia in giù con la testa su un piccolo cuscino, i suoi occhi mi guardavano come pugnali.

"Spostati, cagna!" Sputò "L'olio caldo è sul comò".

Un massaggio potrebbe farlo.

Se evitassi i suoi occhi malvagi, apparirebbe sbalorditivo sul tavolo.

Aveva la curva giusta nella parte bassa della schiena per accentuare il suo sedere.

Ho sorriso per fortuna.

"Scusa, padrona", dissi, muovendomi rapidamente attraverso il petrolio.

Mi ha colpito nel culo con la frusta quando sono passato.

Così ho dato un piccolo brivido che sembrava soddisfare il suo bisogno di punire.

In verità, non c'era forza dietro.

Se ci pensate, ora ero responsabile.

La sua pelle era in balia di me.

Non ero nemmeno arrabbiato con il mio cazzo mentre lottava per far emergere la bellezza davanti a me.

Mi gettai un asciugamano sulla spalla e tirai fuori l'erogatore di olio caldo dalla stufa.

Potevo sentire l'odore di lavanda che emanava l'olio quando mi sono trasferito al tavolo.

"Inizia con le mie braccia", disse piano.

Lasciò la frusta su un'estremità del tavolo e mise entrambe le braccia lungo i lati.

Ho versato una spruzzata di olio sulle mani e le ho strofinate insieme per ottenere un composto buono e uniforme.

Ho iniziato con la mano destra, in particolare il palmo, con i pollici.

Sapevo una o due cose su come massaggiare.

Ne ho avuti alcuni molto buoni e ricordo come è stato fatto.

Una volta ne avevo uno su una nave da crociera che praticamente mi portò in paradiso.

Quella donna più anziana di sessant'anni aveva le mani di un angelo.

Ha trasformato tutti i miei muscoli in gelatina.

Avrebbe cercato di raddoppiare i suoi talenti questa volta.

La signora Buttingson gemette mentre trascinavo i pollici sul suo palmo.

Ho sentito i muscoli nella sua mano lasciare il suo stress.

Mi sono spostato al polso dopo un altro strato di olio, impastando delicatamente, aumentando lentamente la pressione mentre raggiungevo l'avambraccio carnoso.

L'ho vista respirare lentamente e ha riaggiustato la testa per consolarla.

Stava cadendo a pezzi nelle mie mani.

Ho applicato più olio e ho lavorato in circoli lenti attorno ai suoi bicipiti mentre guardavo il suo sedere.

Era davvero una cosa di totale bellezza.

Mi muovei intorno alla sua testa, oltre la frusta inattiva, verso la sua mano sinistra.

Ho ripetuto il processo su quel braccio con più gemiti dati dal diavolo per una risposta.

La mia testa fluttuava con la visione di afferrare la frusta e dipingere alcune belle strisce sul suo culo sodo.

Fu in quel momento che mi resi conto che mi stavo un po 'innervosendo.

Sono stato in questo per circa quindici minuti e mi sentivo come se fossi stato in questo gioco per un secolo.

"Smettila di guardarmi il culo", ordinò.

Mi sono reso conto che i suoi occhi stavano guardando i miei.

"È difficile da ignorare, padrona" dissi e sorrisi.

Penso che due potrebbero giocare a questo gioco.

Non aveva detto niente di male e le aveva appena fatto un complimento velato.

Forse pensava di averle detto che il suo sedere andava bene, o era troppo grande, o significava solo che era nudo.

Potevo notare i pensieri dietro il suo sguardo e godermi la sua confusione.

Mi sono spostato sulla sua testa, mi sono coperto le mani con più olio e ho iniziato a lavorare sulle sue spalle.

"Perché è difficile ignorarlo?" chiese con un tono che suonava un po 'minaccioso.

Il lungo ritardo tra la mia affermazione e la tua domanda è stato delizioso.

Tutte le donne dubitano del proprio corpo.

Perfino una cagna ricca e potente come lei.

Non ci voleva un genio a sapere che aveva colpito un punto debole.

"Non sono io a dirtelo, padrona."

L'ho schivato come servitore all'inizio del XIX secolo.

Aveva poco potere nella relazione, ma avrebbe afferrato ciò che poteva.

Sapevo che questo poteva esplodere in faccia, ma che diavolo.

Alcuni rischi sono più divertenti di altri.

Gemette mentre io impastavo saldamente dietro le orecchie e lungo il collo.

"Smetti di scopare e rispondi" sospirò.

È stato difficile per lei arrabbiarsi mentre lavorava al collo.

Poteva sentire i muscoli perdere il desiderio di rimanere svegli.

"Beh, si distingue un po ', signora", ho preso un rischio.

Sapevo che in quel momento la situazione si stava inclinando verso il lato negativo dello spettro.

Potevo sentire i muscoli stringersi sotto le dita.

Potrebbe aver preso in giro un po 'troppo la presa in giro.

Mi sporsi nel suo orecchio e sussurrai:

"Perché è fottutamente perfetto."

Ho omesso la Padrona solo per prenderla in giro.

Voleva vedere come avrebbe gestito un complimento misto a insubordinazione.

Alzò lentamente la mano, afferrò la frusta e mi toccò leggermente la coscia.

"È fottutamente perfetto, padrona", ho ribadito.

"Allora hai il permesso di guardarmi il sedere", disse assonnato e rimise la frusta e la mano sul lettino da massaggio.

Vidi un mezzo sorriso e sapevo che sotto il suo esterno duro c'era una donna timida.

Un punto per me.

Ho iniziato a lavorare sulla sua schiena.

Appoggiai le mani unte sulla sua spina dorsale appena sopra il suo sedere.

Poi sono tornato indietro lungo i lati verso l'alto, graffiando a malapena i lati del suo seno schiacciato.

La mia immaginazione è stata attivata e ho visto quelle labbra rosso rubino che circondavano il mio cazzo mentre mi muovevo da un lato all'altro lungo la sua schiena.

Ci sarebbe voluto solo un po 'di inclinazione della testa per farlo.

Tornai rapidamente al suo fianco per togliermi l'immagine dalla testa.

Avevo un disperato bisogno di gestire la mia erezione.

Ho trascorso altri dieci minuti sulla schiena prima di alzarmi.

Se vuoi davvero rilassare qualcuno, prova un massaggio con olio caldo sulla pianta dei piedi.

L'ho quasi dormita mentre lavoravo sulle sue dita dei piedi e si strofinava la suola con i pollici.

Sono stato anche in grado di calmare la mia erezione, almeno fino a quando ho alzato lo sguardo.

Incastonata tra le cosce, proprio sotto il suo sedere perfetto, una parte del suo intimo fiore era esposta.

Ho sentito una fitta eccitare di nuovo il mio cazzo.

Ho cercato di distogliere lo sguardo, ma c'era un'accogliente lucentezza sulle labbra esposte.

Era bagnata e io ero caldo come l'inferno.

Labbra splendide, culo perfetto e figa lucente: questo era più di quanto un uomo dovrebbe sopportare.

Mi sono costretto a guardare i suoi piedi e raddoppiato i miei sforzi.

Non passò molto tempo prima che i miei occhi tornassero all'apice delle sue cosce.

Le mie palle stavano già iniziando a farmi male.

Mi sono spostato di lato e ho iniziato a lavorare sulla sua parte inferiore della gamba.

Ha ripristinato la sua posizione sul cuscino con gli occhi chiusi.

Ho potuto vedere il suo culo meraviglioso solo ora.

Entrambi i set di labbra sono stati nascosti da me, il che ha aiutato un po '.

Ho rivolto la mia mente agli affari.

Ho pensato a cosa si potrebbe fare con il nuovo capitale circolante.

Potrebbe aumentare il marketing e quindi aumentare le vendite una volta che saremo di nuovo operativi.

Potrei assumere Ralph per un po 'di aiuto e accelerare lo sviluppo finale.

C'era una società specializzata in interfacce utente che poteva migliorare l'esperienza dell'utente.

Quei pensieri non diminuirono il gonfiore, ma calmarono gli impulsi immediati.

Altri quindici minuti e solo il suo culo non era oliato.

Per quanto volessi impastare quella carne stretta, non pensavo che le mie povere palline potessero gestirla.

Inoltre non ero sicuro che il suo ritorno mi avrebbe fatto qualche favore.

Forse l'ora che aveva già trascorso con lei sarebbe bastata.

"Mi stai volutamente ignorando il culo", ha detto in tono sprezzante.

Ho smesso di respirare per un momento mentre guardavo la sua perfezione tesa.

Era tempo per una piccola verità.

"Sto per esplodere, padrona" dissi riluttante.

Speravo che mostrasse un po 'di pietà.

Cavolo, questo mi faciliterebbe.

Sollevò pigramente la testa e mi guardò tra le gambe.

Ho seguito il suo sguardo.

C'era una lunga catena di liquido preseminale chiaro dalla punta del mio uccello sul pavimento, che terminava in una piccola pozzanghera.

"Oh", disse con poca compassione, "per il bene dei tuoi dipendenti, spero che tu non perda tutto prima che finisca il tempo." Appoggiò la testa sul cuscino. "Andare avanti con il lavoro."

"Maledetta stronza!" Mi sono detto.

L'ho quasi espresso ad alta voce, ma il suo riferimento ai miei dipendenti mi ha fatto trattenere.

Era una puttana demoniaca sexy e malvagia.

Non sono mai stato così basso in vita mia.

Mi coprii di nuovo le mani con olio, chiusi gli occhi e impastai quei magnifici glutei.

Ho provato a immaginarmi di impastare la pasta per pizza.

Non ha funzionato

Ho finito per mordermi l'interno della guancia finché non ho assaggiato il sangue.

La odiava con passione all'epoca.

Stavo iniziando a pensare che i miei pensieri precedenti dal sotterraneo sarebbero stati preferibili.

Il dolore mi stava aiutando, quindi mi sono morso la lingua.

Difficile.

Ho applicato più olio e ho deciso di suscitare scalpore.

Questa volta ho passato il lato della mia mano tra le natiche, deliberatamente lungo il suo ano.

Non l'ho fatto teneramente e non ho fatto finta che fosse un incidente.

Ho visto i suoi piedi saltare.

Non più di questa merda lenta e carina.

Il mio cazzo mi stava uccidendo e rabbia e dolore erano le uniche cose che mi davano un leggero respiro.

A proposito, ho trascinato la mano nella fessura e mi sono assicurato che il suo ano non fosse ignorato.

Ho visto tutto il suo corpo contrarsi e la sua testa è salita.

Rotolò su un fianco, il culo fuori dalla mia portata.

"In ginocchio!" lei ha urlato.

Mi sono inginocchiato e ho lasciato cadere gli occhi a terra.

Non riuscivo a credere quanto stavo respirando.

Almeno non potevo più vedere la sua nudità.

Il mio povero cazzo si muoveva, chiedendo sollievo.

Ho chiuso gli occhi e ho pregato per il dolore.

Ho sentito il ronzio e non ho sussultato quando mi ha colpito sulla schiena.

Mi è piaciuto il dolore.

Mi sono appoggiato a questo.

È stata una distrazione meravigliosa.

Dalla mia bocca uscì un suono, non un gemito, ma un gemito di sollievo.

Un altro ronzio, più forte del primo, fischiò oltre l'orecchio e mi colpì al petto.

Questa volta ho emesso un "ahhh" quando il sangue ha iniziato a lasciare il mio cazzo e tornare al mio corpo.

Non c'è stato un terzo successo, anche se ho desiderato un terzo.

"Altro" lo supplicai.

Ho dovuto perdere la lussuria.

Ero arrivato così lontano che ho deciso di non fermarmi ora.

Volevo che la passione fosse presa da me.

Mi ha risposto in silenzio.

Aprendo gli occhi, alzai lo sguardo.

Stava davanti a me nella sua nuda gloria, quelle labbra piene di rosso rubino e la sua frusta nera in mano.

Aveva confusione in faccia.

Non mi piaceva, anche se sapevo di doverlo fare.

"Per favore" lo supplicai di nuovo.

Temevo che le mie parti si sarebbero spezzate.

Volevo, per la prima volta nella mia vita, perdere l'erezione.

Sollevò la frusta, ci ripensò e la lasciò cadere accanto a lui.

"Abbassa gli occhi! Resta così!" Ordinò e poi lasciò la stanza.

CAPITOLO 7

Non ho idea di quanto tempo fosse passato.

Tutto quello che sapeva era che il silenzio e la mancanza di stimolazione visiva riportavano lentamente tutto alla normalità.

La mia frequenza cardiaca è diminuita e mi sono sentita di nuovo calma.

A quel punto ho avuto difficoltà a capire come sono arrivato al punto in cui chiedevo di essere sculacciato.

Ho saputo che ovviamente non le piaceva che le venisse chiesto.

Aveva guadagnato un altro piccolo controllo.

Quando il demone tornò, mi trovò ancora in ginocchio a guardare il suolo.

All'epoca era una specie di posizione terapeutica per me.

Mi ha permesso di pensare senza distrazioni e il leggero dolore alle ginocchia mi ha aiutato a scendere dalla mia situazione pre-orgasmica.

Si appoggiò allo schienale del tavolo.

"Ricomincerai", disse, "rimarrai calmo e le tue dita saranno dolci."

Sembra che avesse dei limiti al suo dominio.

Penso che abbia trovato il mio limite ed era disposta a fare un passo indietro, ma non lo avrebbe ammesso.

Sono stato sorpreso di sentire la parola "amore".

Non sembrava adattarsi alla disposizione che aveva escogitato.

E non era esattamente una buona descrizione di ciò che stava facendo quando gli ho attaccato il sedere.

Mi alzai, flettendo le ginocchia, per recuperare il sangue nelle gambe.

Era magnifica sdraiata lì.

I seni si erano leggermente rilassati ai lati e i suoi capelli scorrevano sul cuscino e sul pavimento.

Si era tolta la treccia che dava ai suoi capelli un attraente ricciolo.

Ma ero un po 'stressato.

Questa donna stava calcolando.

Mi sono ripromesso di rimanere cauto.

"Da dove vorrebbe iniziare la mia padrona?"

Era agli inizi del XIX secolo.

Ho sorriso, sentendomi più come se fossi di nuovo.

"Braccia, spalle, seno, pancia e poi la figa. In questo ordine" dichiarò senza riserve.

Il mio cazzo sussultò.

Puttana, ho pensato.

Stava cercando di essere più provocatoria.

Stava per farmi tornare di nuovo da indossare.

Mi avrebbe "ucciso" con ansia.

Quando ha detto "amore", intendeva uccidere lentamente.

"Sì, padrona", risposi.

Mi sono oliato le mani e ho cercato di pensare al baseball.

Odiavo il baseball.

Andai a lavorare tra le sue braccia, lentamente come lei esigeva.

Sono stato in grado di tenere gli occhi lontani dalle sue parti e concentrarmi solo dove erano le mie dita.

Sapeva che avrebbe funzionato solo fino a quando non avesse raggiunto il seno, ma ora stava funzionando.

Il mio cazzo era piuttosto svuotato e spero di poter andare in pensione.

Con la coda dell'occhio, vidi un sorriso consapevole.

Cagna, cagna, cagna.

Quando ho raggiunto le sue spalle, ho dovuto stare in piedi sulla sua testa.

La mia visione periferica stava catturando le sue labbra e il suo seno rubini.

Il mio cazzo lo rispettava come se fosse un segno di incoraggiamento.

Respirai lentamente, cercando di rallentare la frequenza cardiaca.

Abbassai gli occhi e vidi solo le sue labbra.

Quelle due bellissime labbra rosso rubino.

Li stava leccando alla leggera.

Ho rapidamente guardato nei suoi occhi e ho visto l'umorismo in loro.

Quindi sospirò, aprendo delicatamente le labbra.

Ha dato un lungo battito di ciglia quando ha visto il mio cazzo ricominciare a crescere.

Almeno la sua stanchezza potrebbe rallentare un po 'la sua rinascita.

Quando lo guardai di nuovo negli occhi, si stava mordendo teneramente il labbro inferiore.

"Padrona, per favore" la supplicai.

Mi aveva e lo sapeva.

Avrei dovuto cercare di negoziare più duramente, forse meno tempo più frequentemente alle date.

Ventiquattro ore sembravano oltre la normale resistenza maschile.

"Il mio seno adesso."

Ignorò le mie richieste e mantenne la pressione.

Il suo sorriso tornò a quella cattiva qualità.

Ho applicato un nuovo strato di olio sulle mie mani.

Ho smesso di assicurarmi che fossero ben coperti.

Avevo bisogno di tutti i bloccanti che potevano aiutarmi.

Mi sono sporto in avanti e, mentre lo facevo, ho sentito i suoi capelli allargati solleticarmi la punta del mio cazzo.

Sono quasi saltato fuori da me stesso quando ho sentito la dolce carezza delle sue trecce.

Una piccola mezza risatina sfuggì alle labbra della cagna.

Ho iniziato a muovermi accanto a lui, lontano da quei fili marroni solleticanti.

"Resta dove sei e concentrati sui capezzoli", ordinò. "E teneramente", ha aggiunto, probabilmente ricordando il mio lavoro precedente.

Cercando di non muovere il bacino in alcun modo, ho iniziato a massaggiare teneramente il seno.

Metto con cura i capezzoli tra il mio indice e il pollice.

Ho sentito i suoi capelli strisciare attraverso la mia crescente erezione.

"Mmmm, mi sento bene", sussurrò mentre scuoteva lentamente la testa a sinistra e a destra, trascinando i capelli da un lato all'altro.

"Padrona, per favore," la supplicai di nuovo.

Il mio cazzo stava iniziando a guadagnare il suo precedente vigore, quindi la situazione era al limite della paura.

Non era sicuro di quanto potesse sopportare prima che il danno fisico fosse ristabilito.

Voglio dire, il dolore alla palla era una cosa, ma abusarne doveva essere dannoso per la genitorialità.

"La pancia adesso", ordinò e indicò il suo lato destro.

Sospirai mentre mi spostavo rapidamente di lato e rinfrescavo il mio olio.

Intendeva trascorrere più tempo possibile lì.

Se socchiudi gli occhi correttamente, puoi formare un piccolo tunnel di visione che annulla quasi completamente la tua visione periferica.

Ho imparato quell'abilità in quel momento.

Le sue tette e la sua figa sbiadirono alla vista e io mi concentrai felicemente sulla sua pancia.

Ho dovuto apprezzare il successo di qualsiasi programma di esercizi che stavo prendendo di mira.

Poteva sentire i muscoli sotto la pelle.

Se fosse stata un uomo, avrebbe avuto un pacchetto super plus.

"Immagino che, essendo un uomo, hai pensieri sul mio seno vivace," disse in tono colloquiale, "probabilmente vorrai sapere come sarebbe far scivolare il tuo cazzo tra di loro."

Le visioni hanno invaso di nuovo il mio cervello.

Abbassai gli occhi e non vidi altro che seni lucidi e scivolosi.

"Oh Dio!" Ho esclamato mentre il sangue inondava di nuovo il mio cazzo.

Ha ignorato la mia mancanza di servilismo nella mia lingua.

"Sospetto che sarebbe caldo avere il tuo cazzo avvolto tra di loro. Quanto pensi di poter durare prima di svuotarti sulle labbra?"

Il suo tono era indifferente.

Le mie ginocchia si stavano indebolendo e ho avuto le vertigini.

Ho chiuso gli occhi e ho iniziato a iperventilare.

Stavo lottando duramente per togliermi dalla mente l'immagine delle sue labbra coperte di sperma.

È estremamente difficile non pensare a qualcosa del genere quando ti viene detto.

"Olio nella mia figa ora", ha detto.

Alzò le ginocchia e allargò le cosce.

Stavo lavorando duramente per indebolire mentalmente l'erezione mentre mi oliavo di nuovo le mani.

E stava fallendo miseramente.

"Mi piace davvero perché non sai mai cosa può succedere."

Il mio cazzo è emerso di nuovo dalle sue parole.

Mi sono quasi chinato per svuotarlo.

Un milione di dollari: questo era il significato del suo contributo e dell'estensione del prestito.

Era solo un caso di palle dure tra un milione di dollari.

Mi sono morso la lingua e ho massaggiato l'olio nella sua fica il più delicatamente possibile.

Ho sentito ogni cresta e il dare e avere delle sue labbra tenere e morbide.

Ma senza vedere nulla, tenendo gli occhi chiusi.

"Usa entrambe le mani. Voglio che tu mi dia un bel orgasmo lento", ordinò.

Sono andato a lavorare facendo un respiro profondo, trattenendo ogni respiro per alcuni secondi, quindi rilasciandolo lentamente.

La mia mano sinistra era impegnata a provare il suo cappuccio per eccitare il clitoride.

Ho lentamente inserito due dita della mia mano destra nella sua apertura calda.

Non aveva bisogno di petrolio, il suo tormento su di me era abbastanza per assorbire tutto il suo canale.

"Sì, mi sento bene", ha incoraggiato, "beh, simpatica e lenta."

Non avrei potuto.

Anche con gli occhi chiusi, i miei sensi sapevano dove erano le mie mani.

Stavo per lanciare il mio carico e anche se non avrei mai toccato il mio cazzo.

C'era solo una soluzione.

"Sei una cagna!" Ho annunciato e spostato il mio culo verso la testa del tavolo.

Il fischio della frusta era quasi istantaneo.

Stava aspettando che mi spezzassi.

Questa volta gli ho dato quello che voleva, ho urlato di dolore quando la frusta ha trovato il mio culo.

I suoi fianchi si sollevarono.

Ho urlato di nuovo quando il secondo colpo è atterrato e ho sentito i muscoli della sua figa premere contro le mie dita.

La frusta cadde a terra mentre il suo orgasmo prendeva il pieno controllo del suo corpo.

La mia mano sinistra si mosse rapidamente, giocando con il suo clitoride, mentre la mia mano destra le forzò più profondamente le dita.

Un forte gemito echeggiò sul balcone e la sua schiena inarcata.

Il gemito si alzò e cadde di frequenza mentre ondate di piacere scorrevano attraverso il suo corpo.

Feci fatica a trattenere l'assalto con le dita.

Quando sono caduti i fianchi, ho ridotto la mano sinistra a carezze morbide.

La mia destra è andata a un lento massaggio interno.

Sospirò rumorosamente e si inginocchiò.

Il mio bisogno si era leggermente attenuato mentre mi concentravo su quello di lei.

Una strana relazione inversa.

Estrassi attentamente le mani mentre il suo respiro rallentava.

Abbassai lo sguardo sul suo corpo inerte e sazioso e in qualche modo lo trovai bellissimo.

Mi sono chinato e ho raccolto la frusta da terra.

Come un idiota, glielo ho consegnato.

"Spero che la mia Padrona mi perdoni di averla chiamata puttana", dissi con falsa sincerità, "sentivo di aver bisogno di un po 'di ... incoraggiamento."

Era preparato per un altro paio di colpi, ben posizionato.

Ne è valsa la pena fargli sapere che avevo la sua attenzione.

Sorprendentemente, prese la frusta e mi diede una pacca sull'avambraccio.

"Quel momento è stato eccellente", ha detto con il suo sorriso caldo e invitante.

Le spinsi teneramente una ciocca di capelli sudati dalla parte anteriore del viso alla parte posteriore dell'orecchio.

Aveva un forte desiderio di baciare quelle labbra rosso rubino.

Scossi la testa e distolsi lo sguardo.

La cagna mi ha torturato per oltre un'ora.

Non avrei iniziato a piacermi ora.

Penserò di piacermi lunedì quando avrò un milione di dollari.

Ventiquattro ore improvvisamente non sembravano così imponenti.

CAPITOLO 8

Si sedette sul bordo del tavolo.

"Adesso mi farai il bagno", disse mentre si controllava di nuovo.

Pregavo che il mio cazzo lo vedesse come un'operazione clinica.

Ero davvero preoccupato per quante erezioni insoddisfatte un uomo può avere in un giorno.

Forse un cazzo potrebbe mollare e non rialzarsi mai più.

Non ero un fan di questa merda di rifiuto.

Quando si alzò, il suo piede scivolò sul pavimento.

Ho visto la parte posteriore della sua testa muoversi rapidamente per colpire il tavolo.

Senza pensare, ho allungato la mano e lei è finita in salvo tra le mie braccia.

Sospirai di sollievo.

L'adrenalina pompata nel mio sistema mi fece tremare un po 'quando la sollevai.

Non mi ero nemmeno reso conto che eravamo nudi e che le stavo tenendo il seno fino a quando non l'ho liberata.

Era la seconda volta oggi che vedevo confusione nei suoi occhi.

Per un breve momento, ha perso il controllo e sono diventato il controller.

Non so perché ho sentito il bisogno di mettermi nei guai, ma l'ho fatto.

"La padrona ha problemi a dire grazie?"

Ho sorriso quando l'ho detto.

Era un sorriso ironico che meritava uno schiaffo in faccia.

Volevo rafforzare la sua pazienza da quando aveva sempre giocato con la mia.

Ho ricevuto qualcosa che non mi aspettavo.

"Grazie, Richy," disse sinceramente.

Si sporse in avanti e mi baciò sulla fronte.

Era il tipo di bacio che una madre avrebbe dato a un bambino.

La differenza era che mia madre non aveva mai avuto labbra rosso rubino così sensuali.

Mi ritrovai ad appoggiarlo e desiderare che fosse più del bacio che era.

"Adesso pulisci il pavimento. La tua sbavatura dal tuo cazzo mi ha quasi ucciso."

La sua voce tornò immediatamente al cane.

Presi un asciugamano pulito e, sulle mani e sulle ginocchia, iniziai a pulire le piccole tracce di liquido pre-seminale che avevo lasciato sul pavimento attorno al tavolo.

Mi chiedevo se si potesse disidratare perdendo liquidi a questo ritmo.

Mi sono preso il tempo con lei in piedi dietro di me.

Sembrava divertirsi guardandomi nudo mentre puliva il pavimento.

Mi è piaciuto trattenere l'inevitabile ritorno alla sofferenza.

Forse potrei fare qualcosa di lavanderia o qualcosa del genere.

***

Quando la maggior parte delle persone fa il bagno, è una vasca da bagno con un rubinetto sollevato o uno spazio di plastica quattro per quattro.

A questa donna piacevano le docce.

Era un piccolo box con più soffioni a due vie e una specie di macchina per la pioggia che pendeva come una plafoniera.

C'era una panca, non una specie di sedile, ma una panca di marmo nero lunga circa sei piedi che correva lungo il muro.

Le pareti, il pavimento e il soffitto erano decorati con piastrelle a motivi geometrici, non a motivi geometrici, ma a motivi fatti di piastrelle di diversi colori.

Questi modelli erano di buon gusto con diversi stili a strati e fasciati.

Gli scaffali erano stati sistemati con bottiglie di plastica e utensili per la pulizia.

La luce naturale che filtrava dalle finestre gelide rendeva l'intera stanza molto attraente.

"Wow," dissi, dimenticando ancora una volta la "Padrona".

Non ero mai stato colpito da una doccia prima.

Non sapevo davvero di poter essere colpito da uno.

Non ho visto le chiavi dove mi aspettavo che fossero.

Aprire e chiudere l'acqua era un mistero.

Una volta avevo, molti anni fa, una ragazza a cui piaceva molto fare l'amore sotto la doccia.

Potevo solo immaginare l'orgasmo che avrebbe avuto in un posto come questo.

Non pensava a Wendy da anni.

Mi ha lasciato per un ragioniere che era un po 'più sposato.

La rottura è stata anche sotto la doccia dopo un po 'di sesso bagnato.

Voleva un gioco più umido.

Era al suo matrimonio cinque mesi dopo.

Era una brava ragazza e la desideravo davvero bene, ma da allora le docce non sono più state le stesse.

La signora Buttingson entrò nel bagno e andò a lavorare su un pannello piatto incastonato nelle piastrelle vicino alla facciata.

Le sue dita erano confuse quando praticava una serie di scelte e faceva alcune selezioni prima di poter leggere quali fossero.

Ha premuto un pulsante digitale verde che è apparso e lo schermo è diventato nero.

L'acqua ha iniziato a piovere dal soffitto in modo morbido ma ovviamente fluido.

Si fermò all'ingresso, in attesa.

Ho scrollato le spalle e ho aspettato con lei.

Fu forse quindici secondi dopo che sentii l'inizio della sinfonia.

Era uno che pensava di riconoscere, forse da Mozart.

Ho dovuto essere uno dei grandi compositori poiché le mie conoscenze in quell'area della musica erano molto limitate.

Potevo solo supporre che l'inizio della musica indicava che l'acqua aveva raggiunto la temperatura desiderata.

Non appena la musica è iniziata, ha oscillato nell'acqua.

Era quasi come se stessi ballando un po '.

L'ho trovato magico e molto erotico.

Il mio cazzo era disposto a ignorarlo nella crescente umidità.

Mi sono spostato dietro di lei e sotto la pioggia dell'acqua.

L'acqua era un paio di gradi più calda di quanto io ritenga perfetto.

Ovviamente, era la temperatura esatta che voleva.

Inzuppò i capelli sotto l'acqua che cadeva e li spazzò via dall'acqua sul suo viso.

Afferrò una bottiglia di qualcosa da un angolo.

"Prima i capelli", disse senza rispetto.

Presi la bottiglia dalla sua mano tesa.

Si sedette alla fine della panchina, le gambe distese sotto la calda pioggia.

Misi un ginocchio sulla panca per avvicinarmi e fui sorpreso che non sentisse il freddo marmo.

La dannata cosa era calda!

Ho messo un po 'di shampoo in mano e sono andato a lavorarci su.

Questa era stata la parte preferita di Wendy.

Le avrei massaggiato il cuoio capelluto sotto forma di shampoo e, quando avessi finito, mi avrebbe attaccato al muro con passione.

Sapevo di non poter rivivere quei meravigliosi bagni con questa cagna, ma potevo farle sentire qualcosa del genere.

Ho messo lo shampoo tra i capelli e ho prestato molta attenzione a strofinarsi le tempie ogni volta che le mie dita si sono avvicinate.

Sapeva cosa poteva fare a Wendy.

Pensavo di fare lo stesso con la mia tentatrice demoniaca.

Si appoggiò all'indietro tra le mie mani e gemette un po '.

Sì, la stava influenzando molto.

Mi piaceva il potere che mi dava, la consapevolezza che almeno il suo sistema nervoso stava svanendo davanti a me.

"Non osare smettere", ordinò con un sorriso.

Non ho idea di cosa pensassero le donne di me fuori dalla camera da letto, ma nessuna si era lamentata delle mie coccole.

Si stava godendo i preliminari, gli atti disinteressati di passione che mandano una donna tra le nuvole.

Ho impiegato quei talenti qui.

Più la rendeva felice, più breve sarebbe quando ha escogitato più sofferenza.

Ma non avrei potuto essere più sbagliato.

CAPITOLO 9

La vidi allargare le gambe mentre allungava il collo tra le dita.

La sua mano si mosse sensualmente tra le sue gambe e un lamento sfuggì alle sue labbra.

Non aveva mai visto una donna lamentarsi prima, almeno non di persona.

Sfortunatamente, il mio cazzo ha iniziato ad apprezzare quello spettacolo.

Inconsciamente, ho accelerato il movimento delle dita.

"Più lento", ordinò e si appoggiò all'indietro per darmi una visione di dove le sue dita erano occupate.

Ho cercato di non guardare, ma era troppo meraviglioso per mancare.

"Ho portato una donna qui una volta", disse seducente.

Increspai gli occhi e speravo che la sua storia finisse lì.

"Adorava l'acqua calda che scendeva a cascata nei nostri corpi. Mio Dio, adoravo i suoi seni. Erano così saldi con i capezzoli gonfi che hanno appena chiesto di essere succhiati."

Ha continuato la sua tortura mentre la sua mano ha aumentato il suo ritmo.

Ero di nuovo molto duro, cercando disperatamente di impedire alla mia erezione di sfregare contro di lei.

L'attrito potrebbe finire tutto rapidamente.

"Le cose che potrebbe fare con la sua lingua." Lei ha continuato a ricordare. "Quando era tra le mie cosce, potevo sentire la sua lingua arricciarsi dentro di me, portandomi in posti dove nessun uomo poteva mai portarmi."

"Scopami!" Stavo per venire.

Ho pensato di farlo con stile, semplicemente afferrando il mio membro e scaricando sul seno della cagna.

"Devo fare pipì, padrona!" Urlo.

E vorrei correre subito.

Doveva farmi fare pipì.

Era l'occasione che stava cercando.

Dammi un bagno e dieci secondi e scaricherò tutto.

Se questo mi permettesse di sopportare una delle prossime venti ore, sarebbe semplicemente una benedizione.

"Con un'erezione del genere, sarà difficile per te farlo", disse e sorrise consapevolmente.

Girò il suo corpo verso di me ed estrasse le dita tra le gambe.

Brillavano della loro umidità.

"Non mi hai nemmeno permesso di finire; e ti avrei detto quanto fosse stato meraviglioso."

E con quello, e con i suoi giochi sadici, si passò le dita coperte dall'umidità sulle labbra rosso rubino.

Inavvertitamente, gemetti.

Mi sono inginocchiato e ho stretto i pugni con le mani.

"Per favore, lasciami venire", gli sussurrai.

Il mio cazzo si muoveva da solo.

Questa donna potrebbe spingermi al limite a piacimento.

La mia compagnia, il mio sostentamento erano nelle sue mani.

La sua mano mi colpì forte sulla spalla.

Non avrebbe ripetuto correttamente l'invio.

Fottila.

"Hai vinto, cagna," ho detto e la mia mano è andata al mio boner.

Lo lascerei cadere qui sotto la doccia, che era un posto buono come un altro.

Si mosse più velocemente di quanto pensasse possibile.

La sua mano si alzò e mi afferrò il polso, non forte, lo afferrò e basta.

Abbastanza per farmi smettere.

"No", ha detto.

Sembrava disperata.

"Faremo una pausa. Sono andato troppo lontano, ma una pausa come l'ultima volta funzionerà."

C'era profonda preoccupazione nei suoi occhi.

Non stava cercando di spezzarmi, voleva solo il controllo.

Se avesse voluto, l'avrei costretta a lasciarmi fare.

Il mio cazzo è aumentato solo con quel pensiero.

Una pausa non era più un'opzione, l'accordo sarebbe nullo, che lo volesse o no.

Mi alzai lentamente, un'espressione di rabbia sul viso.

Stava buttando via un milione di dollari e stava rovinando la vita di molte persone.

C'era paura sul suo viso.

Afferrai una manciata dei suoi capelli lavati, inclinai la testa all'indietro e mi feci avanti.

Le mie labbra erano a pochi centimetri da quei desiderabili rubini rossi.

"Per favore, toccami" ringhii.

Non so perché l'ho implorato.

Una mano, tremante di paura, avvolse il mio membro e sentii tremare le viscere.

Senza permesso, ho unito le sue labbra alle mie.

Erano pieni e lisci come avevo immaginato.

I miei fianchi esplosero e io gemetti nella sua bocca.

Ho sentito il mio seme trattenuto per lungo tempo espulso dal mio cazzo.

Il sollievo fu enorme, il piacere oltre misura.

Non ho mai avuto un orgasmo così soddisfacente.

Ogni parte di me è emersa in felice unisono.

Le sue labbra risposero mentre esplodeva sulle sue gambe.

Ero in un paradiso momentaneo.

Non c'era parte del mio corpo che non formicolasse nell'esaltazione.

È stato davvero un bacio da un milione di dollari.

Ho rotto il bacio quando sono sceso dalle nuvole.

Cadde in ginocchio in quello che sembrava uno shock.

"Scusa, sei troppo sexy per ignorarti," mi scusai tra un respiro profondo.

Stavo per dire altro, ma avevo una compagnia da salvare.

L'ho lasciata lì, guardando a terra abbattuta.

Era durato poco meno di tre ore.

La prossima volta dovrei scegliere qualcuno con più controllo.

CAPITOLO 10

Avrei dovuto sentirmi male lunedì.

Non sono stato io.

Aveva deciso di gettare cautela nella spazzatura.

Non sono riuscito a raggiungere la nuova scadenza di trenta giorni con i miei dipendenti ignoranti del loro destino.

Avevano fatto troppo per portarmi così lontano.

Non è stata colpa sua se il capitale di rischio era andato all'inferno.

Ho convocato una riunione nella stanza centrale.

Il luogo in cui normalmente allestiremmo tavoli per feste di Natale o per una futura celebrazione pubblica.

Ho guardato le facce interrogative, ho assorbito il mio orgoglio e ho iniziato.

"Sono stato in trattative questo fine settimana per ottenere i fondi necessari per mantenere a galla l'azienda. Non ha funzionato, ma ho trenta giorni per trovarne di più".

Aveva nascosto bene i problemi dell'azienda a tutti.

La sorpresa era evidente sui loro volti.

"Sono fiducioso di poter acquisire i fondi necessari, ma se fallissi nel mio scopo, non vorrei che tu finissi le opzioni. Mi piacerebbe che tutti aspettassero la soluzione, ma so che alcuni di voi hanno famiglie e altre considerazioni."

Mi fermai per un momento per raggruppare i miei pensieri.

Ci avevo pensato molto domenica e sembrava già avere più senso.

"Ti sarei grato se trascorressi metà della giornata lavorativa per l'azienda e l'altra metà studiasse le tue opzioni. In questo periodo non abbasserò la tua retribuzione, anche se lavori metà. Posso garantirti la busta paga questo venerdì e quanto segue in due settimane. Dopo di che i nostri istituti di credito possono prendere la busta paga, quindi tienilo a mente quando fai i tuoi piani. Firmerò una lettera di raccomandazione e sarò felice di fornire riferimenti in modo che questa esperienza non offuschi la tua carriera. "

I miei occhi si inumidirono quando parlai della scomparsa di qualcosa che mi aveva messo così tanto.

"Mi dispiace molto essere arrivato a questo. Non è quello che meritano, ma meritano la verità."

Abbassai gli occhi perché non riuscivo più a guardarli.

Suonava meglio quando l'ho esaminato domenica sera.

Janeth mi ha abbracciato e mi sono sentito peggio.

Paul, il nostro commercialista, urlò:

"Sarò qui, pioggia o sole, Richy. Tienimi sempre aggiornato."

C'era un coro di offerte che mi ha fatto sentire un po 'meglio.

"La signora Buttingson è tornata, signor Carrington," sussurrò Janeth e indicò la sala riunioni.

Alzai lo sguardo per vedere Virginia con i suoi rigorosi abiti da lavoro, ma senza i suoi lacchè l'altro giorno.

I suoi occhi erano quasi rossi come le sue labbra.

Qualcosa non andava nel modo in cui stava in piedi.

Sembrava quasi scomodo, forse meno potente.

Quando vide che l'aveva vista, entrò nella sala riunioni e chiuse la porta.

Guardai di nuovo i volti raccolti dove regnavano confusione e simpatia.

"Sto tornando ora", dissi e mi diressi verso la sala riunioni.

CAPITOLO 11

Virginia si accasciò su una delle sedie.

Tutto il suo equilibrio commerciale era sparito dalla sua pelle.

Non pensavo che qualcosa potesse influenzare questa donna.

Almeno non in pubblico.

"Voglio riprovare," balbettò Virginia, quasi piangendo.

I suoi occhi erano rossi per il pianto.

Soffriva.

Come diavolo è crollato così in fretta?

"Virginia, la mia compagnia non può essere il tuo giocattolo", dissi compassionevolmente, "ci sono troppe vite in gioco. Sono molto grato per gli altri trenta giorni, ma non posso riporre tutte le mie speranze in un qualche tipo di prestazione sessuale."

Raggiunse il telefono per le conferenze e compose un numero.

"Cottingcom National, come posso aiutarti?" Ha salutato l'operatore.

"Virginia Buttingson per Mr. Smith, per favore", chiese Virginia.

Ci fu una pausa, quindi mi sedetti.

Quella era la banca della mia compagnia, con la quale avevo il prestito.

Stavo iniziando a pensare che i miei trenta giorni stavano per terminare.

"Buongiorno, signora Buttingson, cosa posso fare per lei?" Chiese il signor Smith.

"Qual è lo stato del trasferimento di fondi?" chiese lei senza mezzi termini.

"È stato completato. Un milione come richiesto, sul conto Carrington, è ora disponibile", ha risposto Smith.

Ero sbalordito.

Quello era cinquecentomila in più di quanto concordato.

"Grazie Brian." Virginia riattaccò e continuò, "L'accordo è chiuso, senza vincoli."

"Cosa ... no ... Non sono sicuro di capire" balbettai come un idiota.

"Ho rovinato tutto. Voglio un'altra possibilità." Era vicina alle lacrime. "Per favore, Richy. Non sapevo che ti avesse colpito in quel modo. Era solo un gioco." Voleva dirmi di più. L'ho sentito e l'ho visto nei suoi occhi. Lei era spaventata. "No ... non dormo da quando mi hai lasciato. Ero così stupido e ho continuato ad andare quando mi hai chiesto di non farlo." Era incredibilmente vulnerabile.

"Non credo di poterlo fare di nuovo", dissi onestamente, "lo odierò, lo amerò e lo odierò di nuovo ..."

Mi ha interrotto.

"Guarda, ci sono parti che amavi. Possiamo farlo di nuovo." Non sembrava la donna che mi aveva inginocchiato a chiedere sollievo.

"Sono confuso, Virginia." Le stava sussurrando di abbassare la voce. Non era sicuro di quanto si potesse sentire fuori dalla stanza. "Sembrava che ti piacesse quando soffrivo."

La testa le cadde tra le mani e poi cadde sul tavolo.

Iniziò a singhiozzare.

Ho camminato intorno al tavolo e mi sono seduto accanto a lui.

Non ero sicuro che le mie braccia mi avrebbero aiutato, ma non potevo lasciarla piangere al tavolo.

La presi tra le braccia e posai la testa sulla mia spalla.

"Mi dispiace, non sono fatto per quello che vuoi."

"Ma tu mi amavi," singhiozzò nel mio orecchio.

Ero preoccupato per il suo stato mentale.

Non era sicuro di come deducesse l'amore dalle poche ore trascorse insieme.

È stata quasi tutta una carriera frenetica e straziante da parte mia.

Ci sono stati un paio di bei pit stop, ma sono stati di breve durata.

"Virginia". Le allontanai la testa dalla spalla e la guardai negli occhi iniettati di sangue. "Non ti ho mai detto di amarti."

"Non a parole. Con le tue mani. Nessuno mi ha mai toccato così." Aveva un'espressione da sogno sul viso. "Quel massaggio ... e quando mi hai lavato i capelli, ho pensato che mi avrebbe sciolto. Perché dovresti farlo se non mi volessi?" Adesso era seria.

"Mi hai ordinato di farlo", ho risposto.

Sembrava confusa, come se stesse cercando di vedere il significato delle mie parole e non poteva aggiungere due e due.

"Ma ... ma non dovevi farlo in quel modo," disse lentamente. Poteva quasi vedere le ruote nella sua mente girare. "Ho visto come ti sei acceso. Non mi hai nemmeno colpito ed eri così ... pronto."

Picchiarla? Perché l'avrebbe picchiata?

Era lei a colpirmi.

Mi allontanai un po 'da lei, facendole prendere dal panico.

"Virginia, non mi piace chi colpisce o violenza. Ero disposto a resistere un po 'a causa di quelle persone che hai visto là fuori." Ho indicato la porta. "Non sono sicuro del tipo di relazione che stai cercando, ma non credo che si adatti allo stampo."

Stavo cercando di essere chiaro.

L'intera situazione era troppo surreale.

La sua testa cadde in avanti.

"Non volevo che tu andassi", disse piano.

"Sto avendo problemi con questo, Virginia. Perché dovrei restare se mi negassi che il mio dolore finirà?"

Mi mancavano intere sezioni della sua logica.

"I ragazzi vanno sempre via quando hanno finito." Le sue lacrime iniziarono a scorrere. "Anche te ne sei andato subito dopo. Non volevo che te ne andassi."

Adesso piangeva forte.

Ero scioccata.

L'ho tirata per la spalla e l'ho stretta.

Gli ci vollero alcuni minuti per riprendere il controllo dei suoi singhiozzi.

Ma poi ho capito che ero in un dilemma con lei.

Mi ci vollero alcuni altri momenti per separarla delicatamente da me.

La donna aveva appena salvato i miei affari e probabilmente alcune delle vite che mi stavano aspettando fuori dalla stanza.

Non aveva idea di che tipo di uomini fosse stata prima.

Non avrebbero potuto essere troppo vigili se io fossi la misura migliore.

Beh, mi doveva la tortura e io la dovevo averci salvato tutti.

"Virginia, vorrei portarti a pranzo," gli ho offerto mentre gli sorridevo, "e poi la cena e forse la colazione."

La sua faccia si illuminò.

Si trascinò il dorso della mano sugli occhi per asciugare le lacrime.

Questo ha solo contribuito a spalmare di più il mascara.

Cercai di non ridere mentre afferravo la scatola di fazzoletti dal tavolo.

"Sei sicuro?" chiese, e poi aggiunse rapidamente: "Voglio dire, mi piacerebbe molto".

Immagino che abbia deciso di non darmi nemmeno una via d'uscita.

E non l'avrei preso.

"Bene. Adesso resta fermo per un momento."

Afferrai una sciarpa e le tenni teneramente il mento.

L'ho pulito sotto i suoi occhi, sollevandomi il più possibile.

Indossava un paio di sciarpe finché non ero contento del mio lavoro.

Quelle belle labbra rosse stavano sorridendo di nuovo quando ho finito.

Mi sono punito per aver ignorato il suo stato emotivo, ma a mia difesa quelle labbra erano qualcosa di speciale.

"Posso baciarti?" Ho chiesto gentilmente.

"Oh sì," sussurrò.

Inclinai la testa e avvicinai le labbra alle sue.

Il ricordo del bacio della doccia si fonde con esso nella mia mente.

In quel momento, tutto ciò che ci teneva insieme svanì.

Non c'erano società, prestiti, soldi.

Le mie labbra rimasero perché potevano sentire la sua apprensione e la sua gioia.

Sono rimasto così perché mi è piaciuto.

La mia mano le accarezzò il viso e si mosse dietro l'orecchio per spingerla più in profondità.

Lei obbedì con le labbra aperte e una lingua titubante.

Ho trovato la sua con la mia e quando le nostre lingue si sono toccate, un brivido silenzioso ha risuonato nel mio corpo.

Sono rimasto così con lei perché mi è davvero piaciuto.

CAPITOLO 12

Quando finalmente abbiamo rotto il bacio, ho sentito una perdita.

Ma ora aveva il desiderio di scoparla proprio lì.

Come diavolo ha fatto questa donna a farmi andare così in fretta?

"È stato molto bello", ha detto Virginia e ha iniziato ad andare avanti.

Lei voleva più di me.

Lo trattenni e sorrisi per farle sapere che non era un rifiuto.

"Ci sono persone fuori", dissi e gli accarezzai la nuca. Si appoggiò alla mia mano e sospirò. "Diremo a questi ragazzi la buona notizia e ti porterò a pranzo", ho suggerito.

"E perché devono saperlo?" Chiese con un'espressione scioccata sul viso.

Mi ci è voluto un secondo per capire dove fosse diretto il suo ragionamento.

Ho fatto una piccola risata.

"Riguarda il loro lavoro. Hai appena garantito loro i loro stipendi."

Era la prima volta che la vedeva arrossire.

Le sue guance quasi corrispondevano al colore delle sue labbra.

È stato adorabile

Si alzò, imbarazzata e aggiustò il vestito.

"Sì. Certo," disse lei riprendendo il controllo.

Poi mi guardò con occhi morbidi.

"Tutti i baci che dai ... sono così distraenti?"

"Solo i bravi ragazzi", ho risposto.

Arrossì ancora più chiaramente.

Ora avevo il controllo e non avevo intenzione di negare nulla a nessuno.

Dio, quelle labbra sembravano così belle.

Mi alzai e mi lisciai un po 'i vestiti.

"Siete pronti?" Chiesto.

"Sì", rispose lei.

Il cambiamento sul suo viso era terrificante.

Virginia se n'era andata e la signora Buttingson era tornata.

Ora era in modalità sala riunioni.

Tenevo la porta mentre usciva, la testa perfettamente in piano mentre ci dirigevamo verso gli impiegati ancora riuniti.

Vidi Janeth che si asciugava il lato del viso.

Speravo davvero che non avesse pianto.

"Sembra che io sia stato molto prematuro con le mie precedenti dichiarazioni", dissi mentre accompagnavo le mie parole con un sorriso ", la signora Buttingson e io concordammo un'associazione che ha garantito all'azienda fondi sufficienti per poter sopportare e portarci oltre la data lancio iniziale pianificato "

Ci sono stati molti applausi e sorrisi.

Adesso i sorrisi sembravano un po 'dispettosi e mi hanno fatto l'occhiolino.

Il sorriso di Janeth era ancora più misterioso mentre continuava a pulirsi il lato del viso.

"Abbiamo un accordo da completare e milioni da stipulare", ho felicemente annunciato.

La mano di Janeth era più frenetica anche toccandole il viso.

Virginia alzò gli occhi quando si rese conto di ciò che Janeth stava cercando di dire.

Ho guardato con il mio

'Di?' Ho detto scrollando le spalle.

Virginia prese una scatola di fazzoletti sulla scrivania di Paul.

Mi afferrò il mento, senza mai perdere la sua espressione commerciale controllata.

La sciarpa è diventata rossa dopo che mi ha pulito le labbra.

Sono arrossito.

"E Richy mi sta portando a pranzo" annunciò Virginia.

Non penso che mi sarei sentito più a disagio nella mia vita.

Ci furono un po 'di risate tra quelle raccolte fino a quando Virginia si voltò con il suo bagliore brevettato.

"Cresci, gente", la derise.

Le risate si trasformarono in risate.

Il viso di Virginia era rosso come il mio.

Mi prese per mano, poiché non c'era motivo per la facciata e mi condusse alla porta.

"È stato imbarazzante," sussurrò Virginia mentre ci mettevamo dietro una scrivania.

"Era il tuo rossetto" lo biasimai con un sorriso sciocco.

"Ora lo sanno tutti", ha aggiunto.

Ha cercato di mantenere il suo atteggiamento commerciale nei confronti degli occhi che ci seguivano.

"Sono solo gelosi perché ho un appuntamento sexy per pranzo", ho scherzato.

"Una data. È una data?" chiese sorpresa.

Mi chiedevo cosa pensasse fosse.

"Baci, donna sexy, pranzo. Sì, sembrerebbe che sia più di quello che si qualifica per un appuntamento", risposi il più delicatamente possibile.

Il suo sorriso crebbe, avvolse il braccio attorno al mio e mi avvicinò quando finimmo di uscire.

Si sentiva bene al mio fianco.

Mi piaceva che non le importasse che tutti stessero guardando.

La donna d'affari aveva lasciato l'edificio.

CAPITOLO 13

Ho scelto Fugui's, una piccola pasta italiana nelle vicinanze.

Non era il miglior cibo in città, ma a volte l'atmosfera intima era il problema in quei luoghi.

C'era un tavolino in cui un grande supporto con colonne bloccava il resto della stanza.

Il soffitto era basso, il che riduceva il riverbero e ci permetteva di parlare senza dover ripetere ciò che veniva detto.

Ed era opportunamente privato.

"Mi dispiace per stamattina, Richy," disse Virginia dopo l'arrivo del vino, "Non sono abituato a ... penso di non essere abituato a piacere alle persone."

"Dai, devi avere degli amici" dissi allegramente.

L'espressione sul suo viso mi disse che era la cosa sbagliata da dire.

Ho perso il sorriso e ho messo la mano sulla sua.

"Ne hai uno adesso."

Mi ha fatto sorridere.

Mi alzai e cambiai posto, spostandomi al suo fianco invece di sedermi di fronte a lei.

"L'unica cosa che ricordo davvero questa mattina è il bacio. Tutto il resto è un po 'confuso."

Questa piccola bugia mi ha fatto guadagnare un vero sorriso.

"E 'stato davvero bello", disse gentilmente, "Ho deciso che non mi bacio abbastanza".

Increspai le labbra in modo osceno e mi sporsi in avanti.

Lei rise e mi batté leggermente sul braccio.

"Con gli uomini, non con i pesci."

"Anche i pesci devono essere amati", ho scherzato.

Il cameriere è apparso con le nostre insalate, quindi abbiamo dovuto fare una pausa dalla nostra conversazione.

Abbiamo parlato della nostra compagnia mentre mangiavamo insalate.

Mi meravigliai di quanto sorprendentemente veloce fosse la sua mente imprenditoriale.

Potrebbe sembrare che abbia semplicemente buttato via i soldi salvando un'azienda senza futuro.

Ma in realtà, aveva fatto i compiti.

Conosceva il potenziale e le insidie dell'intero processo.

Aveva connessioni incredibili che potevano davvero aiutare il lancio iniziale.

Quando ho messo da parte l'insalatiera vuota, ho capito qualcosa.

"Se non avessi accettato la tua prima offerta, non avresti più acquistato?" Chiesto.

"Sì, ma volevo davvero vederti nuda", disse con il suo sorriso malvagio.

"E il milione invece della metà?" ho chiesto

"Hai davvero bisogno di lavorare sulle tue capacità di negoziazione. Pensavo che avresti richiesto di più, quindi ho anticipato il milione", ha scrollato le spalle e ha continuato, "e per avere successo, hai davvero bisogno di un considerevole aumento del capitale circolante per il lancio. Senza questo, le loro vendite non sarebbero durate per un altro anno, mentre i concorrenti avrebbero cercato di copiare il tuo prodotto ".

"Mi hai giocato su", ho proclamato.

"È cosa fare", confessò mentre allungava la mano e mi accarezzava dietro l'orecchio, "sei arrabbiato con me?"

Era la prima volta che aveva iniziato un tocco morbido.

Ho potuto vedere la preoccupazione nei suoi occhi.

"No, sono arrabbiato con me stesso per non averlo visto," ridacchiai, "In realtà ero abbastanza vanitoso da pensare che riguardasse me."

"Quello adesso, ma non è stato allora", disse Virginia casualmente.

Il suo candore mi ha sorpreso.

Penso che abbia davvero provato dei sentimenti per me.

Proprio quando pensavo di aver scoperto la sua mossa, mi ha fatto vedere la realtà.

"Ecco perché ho trasferito il denaro questa mattina presto. Non volevo che pensassi che lo stavo già risparmiando per te."

Vuoi sapere come soddisfare un uomo?

Dà valore solo alla sua esistenza.

Qui era l'uomo d'affari più intelligente che conoscevo, che mi diceva che ne valeva la pena per i miei anni sudati.

La sua valutazione del potenziale della mia, no, della nostra azienda era persino superiore a quanto immaginassi.

Esigere solo il quarantanove per cento significava che sapevo che la mia visione era necessaria per quella valutazione.

Tutto questo e sapevo anche come appariva nuda.

L'ho sorpresa con un bacio appassionato.

La sentii nervosamente guardarsi intorno prima di arrendersi e lasciarmi trasportare dal mio affetto pubblico.

Siamo stati costretti a separarci quando il cameriere ha portato la portata principale.

Il cibo ha un sapore migliore quando tutto va per il verso giusto.

Virginia mi sorrideva mentre mangiavamo.

Non credo che sapesse pienamente come aveva accarezzato il mio ego.

E questo ha reso tutto ancora più sincero.

"Dovrò prendere un rossetto diverso se continui a baciarmi in pubblico in quel modo" sorrise.

"Non osare", dissi mentre lasciavo segni rossi sul mio tovagliolo, "Devo solo comprare altre sciarpe."

Non poteva immaginarla con nient'altro che quelle desiderabili labbra rosse.

Ho visto qualcosa scintillare nei suoi occhi quando ho difeso il rossetto.

Un pensiero gli balenò nella mente, qualcosa che non era destinato alla discussione pubblica.

Si sporse nel mio orecchio.

"Vorrei davvero portarti a casa e non ti rifiuteresti", sussurrò con un sorriso malizioso.

Il sangue scorreva rapidamente nel mio corpo alle sue parole.

Ho sentito la sua mano sul mio cavallo.

"Mi piacerebbe vedere cosa posso fare con te."

"Dai un'occhiata, per favore!" Ho detto forse un po 'troppo forte.

Ma come ho detto, non era il miglior posto per mangiare in città.

CAPITOLO 14

Ho guidato Virginia a casa sua in macchina.

Aveva detto che avrebbe potuto organizzare il ritiro del suo domani.

Penso che fosse più interessata a assicurarsi che il mio interesse non svanisse.

Non era troppo aggressiva, solo alcuni semplici colpi e un po 'coccole per assicurarsi che sapesse che era al mio fianco.

Ho trovato molto attraente l'attenzione che mi stava dando.

Il mio interesse non è svanito.

Quando entrammo in casa sua, Virginia mi trascinò direttamente nella sua stanza.

"Siediti," ordinò, indicando il letto.

Ha usato la sua voce maliziosa che mi ha irritato un po '.

Ho scelto invece di stare con una faccia scontrosa.

Lei sorrise.

"Per favore siediti."

Questa era di nuovo la sua voce gentile e amorevole.

Mi sono seduto rapidamente.

Mi afferrò il piede e mi tolse la scarpa e la calza.

Ripeté con l'altro piede.

Usando la sua voce maliziosa, ordinò "La cintura".

Tese la mano in attesa che io mi conformassi.

Avrei potuto resistere alla sua voce maliziosa, ma mi piaceva dove stavano andando le cose.

L'ho decompresso e l'ho tirato fuori attraverso gli occhielli.

Prese la cintura e la aggiunse alla pila delle mie scarpe e calze.

Virginia mi spinse sul letto in modo che cadesse sulla mia schiena, mi sbottonò il bottone e aprì la cerniera dei pantaloni.

"Non dire niente", ordinò e io ubbidissi.

Mi ha tolto i pantaloni insieme ai miei pugili e li ha aggiunti alla pila in crescita.

Ero mezzo eccitato a questo punto.

Non era sicuro di ciò che aveva in mente e aveva un po 'paura che avrebbe cercato di tornare ai suoi modi subdoli.

Andò dal suo cassettone e afferrò un tubicino d'oro.

Lo mise tra le mie gambe, si tolse la giacca e la lasciò cadere a terra.

Sorridendo, si sbottonò la camicetta e la lasciò cadere anche sul pavimento.

Il suo reggiseno di pizzo lo seguì rapidamente.

Il mio cazzo stava mostrando un po 'più di vita in questo momento.

"Ho intenzione di scusarmi fisicamente per le mie azioni questo fine settimana". La faccia di Virginia era di rimpianto. "Spero che tu possa perdonarmi."

Stava per dire qualcosa che non era necessario quando lei tolse il tappo dal tubo d'oro e apparve il suo rossetto rosso rubino.

Mentre la guardavo ricoprire abilmente le labbra, la mia eccitazione era più evidente.

Si strofinò le labbra e mi guardò.

Le sue labbra erano rosse, più luminose che mai.

"Ho intenzione di usare la mia bocca" sospirò.

"Oh merda", fu tutto ciò che potevo dire.

La mia erezione pulsava e ora ero teso mentre pregavo in silenzio che questo non fosse uno dei suoi trucchi.

Lei sorrise alla mia erezione.

"Mi piacerebbe farti questo," disse lei cadendo in ginocchio.

Con le labbra a pochi centimetri dalla mia virilità, avvolse la mano attorno al membro.

Sentii il battito del mio cazzo mentre passava la lingua sul fondo e la girava attorno alla corona, la sua mano semplicemente usandola come guida.

Quando quelle labbra circondarono la mia erezione, tutti i pensieri che avevo di sfiducia svanirono.

Quelle labbra color rubino creavano un'euforia visiva.

L'avevo visto nella mia mente e la realtà era infinitamente più piacevole.

Le labbra di Virginia si separarono dal mio cazzo.

Increspò le labbra e baciò amorevolmente la punta.

Le mie cosce si tendevano a non muoversi, a lasciarla continuare, a durare.

Ma le mie cosce stavano fallendo.

Quelle labbra mi avvolse di nuovo, portandomi più a fondo.

Potevo sentire la sua lingua spingere e leccare.

Volevo avvertirlo, dargli la possibilità di rallentare, ma sono diventato troppo forte e troppo veloce.

I miei fianchi si sono alzati quando ho urlato il suo nome.

Abbassò le labbra e succhiò mentre lui eiaculava dentro di lei.

I pensieri cessarono quando il piacere attraversò il mio corpo.

Le guance di Virginia affondarono mentre spingeva il mio cazzo più in profondità nella mia bocca, permettendomi di gestire il mio piacere senza sentirmi in colpa.

Lei voleva questo per me.

Virginia baciò il mio fallo saziato.

Il suo bacio mi ha dato direttamente sulla punta del mio membro

Sapeva quello che aveva fatto e sorrise quel sorriso malvagio e subdolo.

Ho potuto vedere quei problemi di controllo nuotare nei suoi occhi.

Lo ha fatto senza la frusta, ma mi ha portato proprio dove voleva.

Questa volta, non avrebbe ricevuto nessuna lamentela da parte mia.

"È stato più di tuo gradimento?" Chiese, già conoscendo la risposta.

"Sì, padrona", risposi scherzosamente.

Ho adorato la risata che ha generato in lei.

Mi ha colpito la coscia, mi ha tirato su la gonna e mi è salito sopra.

"Resterai?" Chiese Virginia con un sorriso forzato.

I tuoi precedenti commenti mi sono tornati.

Non riusciva a credere a quanto emotivamente debole potesse essere una donna così forte.

Poi ho capito quanti rischi credeva di aver preso.

C'era paura nei suoi occhi che circondava la paura.

Ho trattenuto una risposta sarcastica carina e mi sono attaccato alla verità che provavo per lei.

"Sì," ho risposto seriamente, "Speravo che mi avresti lasciato passare la notte qui."

Vidi i suoi occhi acquosi prima che le sue labbra soffocassero le mie.

Potevo sentire il suo corpo tremare mentre ci baciavamo.

L'ho abbracciata forte, volendo reprimere le sue paure infondate.

Pensavo davvero che fosse una specie di terapia piacevole per lei.

Non piu.

Mi piaceva tra le mie braccia.

Mi piaceva che avesse bisogno di me.

Era più intelligente dell'Inferno, ma fragile come la porcellana fine dentro.

Mi piaceva persino il fuoco di controllo che bruciava dentro di lei.

Era un puzzle molto sexy.

Il mio indovinello.

L'ho arrotolata su un fianco, i suoi seni contro il mio petto.

Gli spinsi alcuni capelli ribelli dagli occhi e dietro l'orecchio.

Rabbrividì al mio tocco, che trovai egoisticamente piacevole.

"Vorrei finire di lavarti i capelli," dissi casualmente mentre gli passavo una mano tra i capelli castani.

Il suo sorriso era onesto.

"Anche a me piacerebbe molto," sussurrò.

Ho potuto vedere l'emozione nei suoi occhi.

Stava pensando al sesso bagnato dal flusso della doccia.

Ma in questo momento il bagno di shampoo era solo una scusa per darmi il tempo di riprendermi.

È stata una fortuna che anche lei abbia trovato piacevole la proposta.

CAPITOLO 15

Virginia ha cercato di insegnarmi come funzionano i controlli della doccia.

Ho trovato divertente toccarla teneramente mentre cercavo di spiegarmelo.

Si rese conto che stavo perdendo la cognizione dei suoi pensieri, ma non mi rimproverò mai né tentò di fermarmi.

Quando lei ha rinunciato allegramente, ero quasi all'oscuro come quando abbiamo iniziato.

Dubitavo che mi avrebbe mai permesso di controllare tutto comunque.

Questa volta ho fatto bene.

Avevo Virginia sdraiata sulla schiena, lungo la panca riscaldata, con la testa appesa alle mie cosce alla fine.

La doccia aveva un meraviglioso soffione staccabile che esplodeva in una specie di nebbia delicata.

Le ho bagnato delicatamente i capelli mentre chiudevo gli occhi.

È stato meraviglioso averla in braccio quando ho applicato lo shampoo.

Emise dei meravigliosi suoni e mezzo gemiti mentre si lavava la sostanza profumata di fiori tra i capelli.

"Quindi l'ultima volta che siamo stati qui, stavi parlando di una ragazza", ha suggerito la storia.

Virginia aprì gli occhi e mi lanciò uno sguardo strano.

"Ti interessa Lydia adesso?" lei chiese.

"Quindi era reale?" Ho chiesto.

Virginia provò a sedersi un po ', così la spinsi delicatamente e andai a lavorare sulla nuca.

Si rilassò di nuovo.

"Sì. Possediamo un ristorante molto popolare insieme", ha continuato, "Verrei di nuovo se glielo chiedessi. È qualcosa che vorresti?"

È stata una sorpresa e mi ha colpito direttamente in testa.

Stavo solo accennando a una storia bollente, ma questa era un'offerta intrigante.

Era una fantasia che non avrei mai immaginato potesse diventare realtà.

Certo, nei miei sogni, c'era sempre di tanto in tanto uno stand di una notte con due donne che pensavo non avrebbe mai più rivisto la realtà.

Non so se mi sentirei molto a mio agio con un'orgia con persone che conosco.

"Non credo di volerti condividere con nessuno", dissi attentamente, "mi considereresti un ipocrita se volessi saperlo?"

Sembrava stupido quando è uscito, ma penso che abbia capito.

"Vuoi sapere di lei o solo le parti sporche?" Stava sorridendo mentre massaggiavo i suoi tesori.

"Solo le parti sporche." Ho restituito il sorriso.

Mi ha fatto ridere, seguita da una storia molto sporca.

Mi sono divertito a leggere erotico.

Ma questo non era niente in confronto a quanto ero eccitato quando ho sentito Virginia, senza riserve, descrivere la sua vacanza in doccia con Lydia.

Non ha lasciato nulla di indescritto e mi sono ritrovato a respirare affannosamente mentre mi lavavo i capelli.

Sono abbastanza sicuro che alcune parti siano state abbellite, ma le ho accettate come un fatto.

Ero, ancora una volta, l'uomo d'acciaio.

"Guarda cosa ti ha fatto la mia storia", si vantava Virginia.

Accarezzava dolcemente la mia erezione.

Si alzò con un'idea negli occhi.

"Resta così", ordinò e inserì una serie di comandi nel pannello di controllo.

Aspettare.

Stava cominciando a godersi il suo essere prepotente, almeno quando alla fine non c'era negazione e dolore.

"Più che una sensazione" echeggiò attraverso gli altoparlanti mentre il grande soffione centrale si muoveva per coprirmi delicatamente con acqua calda.

Tornò di fronte a me, bloccando una buona porzione di rugiada.

"Ma è tempo di una nuova storia."

La sua voce era bassa e seducente.

Quella voce ha promesso tutto.

Virginia, di fronte a me, mise un ginocchio su entrambi i lati e abbassò i fianchi verso i miei.

Ho spostato il sedere sul bordo della panca per renderlo più facile.

Si posizionò tra le mie gambe e guidò il mio cazzo nella sua apertura.

L'acqua scendeva dalle sue spalle e dal mio petto mentre si appoggiava contro di me.

Ha rilasciato il mio cazzo e gemette mentre completava la sua discesa.

Ho fatto eco al suo suono.

Virginia intrecciò le dita dietro il mio collo e mi portò le labbra all'orecchio.

"È da molto tempo che non lascio entrare un uomo in me," sussurrò a gran voce.

Dio mi aiuti, mi è piaciuto molto.

"È paradisiaco", dissi, e poi mi lanciai.

Mi uscì dalla bocca senza pensare "Padrona".

Questa volta non lo aveva detto in tono scherzoso come aveva detto prima.

Questa volta è stato sincero.

Il suo bacino si fermò e mi guardò negli occhi.

Ho visto la paura nella sua.

"Non voglio perderti", si preoccupò.

Non avevo idea di dove stesse andando.

Sapevo solo che mi sentivo bene.

Molto bene.

E voleva anche che si sentisse bene.

Volevo stare bene con lei.

"Allora lasciami venire", dissi con un sorriso diabolico e aggiunsi "Padrona".

I suoi occhi si illuminarono e il suo sorriso divenne lascivo mentre le conseguenze di quello che dicevo la riscaldavano.

Stava per farmi piacere.

Ci avrebbe fatto piacere.

Sentii le sue mani afferrarmi per i capelli e tirarmi indietro la testa mentre la sua figa si alzava e cadeva attorno al mio cazzo.

Le sue labbra si chiusero forzatamente sulle mie mentre mi prendeva.

Gli occhi di Virginia bruciavano di lussuria.

Ciò ha alimentato il mio, anche se non ero in grado di aiutare molto.

La presa sui miei capelli si stava stringendo e stringendo più forte.

Non avevo idea del perché mi piacesse o perché le piacesse farlo.

Sapevo solo che l'abbiamo fatto.

Ha rotto il suo bacio violento e mi ha avvicinato l'orecchio alle labbra.

"Stiamo andando a stare insieme", ha dichiarato con intensità, "insieme, capisci?"

Ho sentito il mio cazzo venire con la tua domanda.

Non era sicuro di poter aspettare ancora a lungo.

"Ci proverò, Padrona", balbettai mentre l'incredibile canale caldo di Virginia mi soffocava di piacere.

Sapeva che poteva sentire che era pronto ad esplodere.

Forse la storia sporca non era una buona idea.

Faceva un po 'più caldo di lei.

"Non è un'opzione", ha detto.

I suoi fianchi si fermarono nel tratto discendente e cominciò a macinarmi il bacino.

Ho sentito il mio cazzo toccare nuovi posti dentro di lei.

Ero sull'orlo dell'estasi.

Se non fossimo stati bombardati con acqua, il sudore avrebbe coperto tutto il mio corpo.

Il mio respiro era affannoso.

Sentii il suo sussulto del bacino involontariamente e la sua mano si strinse di nuovo sui miei capelli.

Alla seconda scossa ha gridato, "ORA!"

Lasciami andare.

L'intensità, unita al dolore, era incredibile.

Virginia si aggrappò ai miei capelli mentre ondate di piacere si increspavano nel suo corpo.

Ogni scossa dei suoi fianchi ha costretto un'altra ondata di latte a gettarsi in lei.

Eravamo all'unisono perfetto, dolorosi, felici.

Virginia mi lasciò andare i capelli e quasi crollò di nuovo sul pavimento.

L'ho presa in tempo e l'ho tirata tra le mie braccia, il mio cazzo è ancora sepolto in profondità in lei.

Non avevo idea da dove provenisse il suo desiderio di controllarmi.

Sapevo solo di amarlo.

In una strana giustapposizione, la afferrai per i capelli e le baciai le labbra.

"È stato fantastico!" Ho detto fortemente.

I suoi occhi assonnati guardarono i miei.

"Sì, è stato meraviglioso", disse, e poi sorrise, "Maestro."

Crollò tra le mie braccia e la tenni sotto la pioggia calda e fitta.

CAPITOLO 16

La cena fu una piccola faccenda intima.

Solo noi due rannicchiati sul divano con cibo cinese che avevamo ordinato di andare.

Eravamo coperti da una coperta di peluche rosa coordinata.

Virginia si adatta a questo stile molto meglio di me.

Il rosa non è il mio colore preferito.

Stavamo guardando un film di John Wayne, uno dei suoi primi a colori, credo.

Anche se abbiamo mangiato fondamentalmente è stato un rumore di fondo, abbiamo parlato e riso.

Virginia aprì una bottiglia di vino e parlammo ancora un po '.

Non abbiamo detto una parola sulla compagnia o sul sesso.

Si trattava solo di conoscersi.

L'ho adorato e sono rimasto sorpreso dal fatto che potesse averlo solo per me.

Aveva attraversato alcuni strani confini sessuali con lei.

Ora sapeva di più su di me di chiunque altro al mondo.

Penso di essere l'unico a sapere dei suoi interni in porcellana pregiata.

***

L'ora di andare a letto ha portato di più.

Più di noi

La stava aspettando a letto.

Aveva piani, piani teneri.

Volevo andare a dormire con i ricordi della sua dolcezza, della sua resa al mio lento amore.

Lasciò nervosamente il bagno.

Penso che sia quasi tornato dentro, ma poi ha deciso di venire dalla mia parte del letto.

Allungai la mano, chiedendomi da dove venisse la sua paura.

Quando lasciò cadere la vestaglia, vidi la sua paura.

Sopra il suo petto sinistro, sopra il suo cuore, aveva scritto "Richy's" in rossetto rosso rubino.

Ciò che è venuto fuori da me era la verità.

"Ti amo anch'io", ho concordato.

Penso che stesse trattenendo il respiro fino a quel punto.

È caduta tra le mie braccia e l'ho tirata a me.

Ero la colla per la tua bella porcellana.

***

Virginia, all'inizio, era molto meglio di qualsiasi sveglia.

Le risatine e il morso nell'orecchio erano un modo meraviglioso di svegliarmi.

Non c'era più un pulsante di ripetizione in cinque minuti.

Era una persona mattiniera.

Sono un tipo di persona che si sveglia lentamente.

Di solito sono necessarie tre o quattro pressioni sul pulsante di ripetizione prima che alla fine mi arrenda e mi alzi.

Virginia era già bagnata e vestita e i primi raggi del sole non erano nemmeno arrivati dalla finestra.

Mi voltai e mi allontanai dal suo bellissimo assalto.

Forse mi avrebbe concesso altri dieci minuti.

Le coperte e le lenzuola scomparvero improvvisamente dal letto.

Il mio calore è scomparso e mi sono raggomitolato.

Ho sentito il ronzio prima che il prurito mi colpisse il sedere.

Mi alzai per proteggermi e la vidi, innocente e sorridente, con le mani dietro la schiena.

"Mi hai colpito", ho accusato.

Fece un passo indietro, le sue bellissime labbra rosse sorridevano.

Mi alzai e feci un minaccioso passo avanti.

Intendevo testare la frusta sul suo sedere per vedere come le piaceva.

"Hai una compagnia da gestire, Amante", disse facendo un altro passo indietro.

Ho guardato l'orologio e mi sono ricordato dove fosse.

Probabilmente sarebbe arrivato in ritardo.

La vendetta dovrebbe aspettare.

"Merda," ammisi e passai rapidamente alla doccia.

Puzzava di Virginia.

Avrei voluto poter andare in giro con lei, ma essere in ritardo e odorare di sesso non mi sembrava una buona idea.

Ora ho capito che non sapevo come funzionasse questa cosa.

Stavo provando alcuni pulsanti, ma non riuscivo a far uscire l'acqua dalla doccia.

Trenta secondi dopo ho dovuto ingoiare il mio orgoglio.

"Come si accende questa dannata cosa?"

Ho urlato.

La sua risata era al contempo fastidiosa e meravigliosa.

CAPITOLO 17

"Voglio invitarti a cena stasera," disse Virginia dal sedile del passeggero.

Aveva deciso di tornare da me per la sua macchina.

"E voglio vedere dove vivi."

La donna d'affari era tornata.

Metti questa ragazza in una gonna e una giacca a matita e all'improvviso pensa di poter governare il mondo.

La conosceva già abbastanza bene da capire che in realtà stava chiedendo, non impegnativo.

"La mia casa è un porcile rispetto alla tua" l'ho avvertito.

Stavo cercando di ricordare quanto fosse sporco.

Non ricordavo l'ultima volta che ho fatto una buona pulizia.

"Okay. Ho intenzione di essere molto sporco lì", disse, poi sorrise.

La mia mente si rianimò e sentii un po 'del calore della notte prima di tornare.

"Signora Buttingson, stai segnando il tuo territorio?" Scherzavo.

Ma lei l'ha davvero presa sul serio.

"Sì, penso di farlo," rispose lei.

Il suo sorriso rosso rubino era delizioso.

"In tal caso, accetto il tuo invito per cena."

Mi è piaciuta l'idea che mi rivendicasse.

Normalmente, mi sentirei sopraffatto.

Ma con Virginia, sapeva che era solo il suo bisogno di controllo, ma capì che era più fragile di quanto dicesse.

O forse voleva solo sculacciarmi in più di un modo.

***

Janeth me deu um sorriso estranho quando passei pela mesa dela.

Ele se levantou, me seguiu até meu cubículo e sorriu quando me virei para ver o que ele queria.

"Você se divertiu ontem à noite, Sr. Carrington?" Ela perguntou com olhos conhecedores.

Fiquei um pouco envergonhado com a pergunta. Eu era tão transparente?

"Não tenho certeza de que sei o que você quer dizer", eu disse inocentemente.

Eu me virei para um pedaço de papel na minha mesa, esperando que isso deixasse a conversa estranha passar.

"Posso?" Ele perguntou, segurando um lenço que ele havia trazido com ele.

Tenho certeza que corei quando assenti.

Ela agarrou meu queixo como uma mãe preocupada e limpou o batom da minha bochecha.

Eu realmente tive que ficar urgentemente com alguns lenços.

"As mesmas roupas e com a barba por fazer", ele sorriu quando soltou meu queixo. "Eu não acho que cheguei em casa ontem à noite."

"Todas as mulheres são tão observadoras?" Eu perguntei no meu ar amigável.

"Somente aqueles que se importam com você, Sr. Carrington", ela respondeu com uma piscadela.

Ele se virou e voltou para sua mesa.

Se havia alguma razão para fazer essa empresa funcionar, estava lá.

Ele precisava vê-la com dinheiro no bolso e nem um pouco preocupado se um de seus filhos fosse aceito em Harvard.

Passei o resto do dia trabalhando duro.

Agora que não precisava me preocupar com capital, na verdade eu era muito produtivo naquele dia.

Comecei a implementar as idéias sobre as quais eu e a Virgínia conversamos.

A maioria parecia evidente agora que eles estavam na minha mente há um dia.

Ela realmente tinha uma cabeça ideal para os negócios.

Andei pelo escritório e conversei com todos, assegurando-lhes nossa estabilidade.

Eu tinha mais do que alguns olhares sorridentes que me deixaram saber que eles confiavam em mim.

Dei a Ralph o sinal verde para contratar um assistente.

Eu pensei que o homem ia me abraçar.

Fiz isso para acelerar as coisas e por segurança, caso algo acontecesse com Ralph.

Ele pensou que estava fazendo isso para reduzir sua enorme carga de trabalho.

Sendo egoísta, deixei-o pensar que sua versão estava correta.

***

Janeth riappese il telefono alla fine del pomeriggio.

Ha portato un biglietto sulla mia scrivania con un altro dei suoi strani sorrisi.

"È un po 'prepotente, ma non penso che ti interessi, vero?" Disse, consegnandomi il messaggio.

La nota conteneva il nome di un ristorante, "The Meet", un indirizzo e le sette.

Come ha fatto Janeth a scoprire la Virginia così in fretta?

"L'hai capito da una prenotazione per la cena?" Chiedi incredulo

"Parliamo da oltre trenta minuti." Janeth represse una risatina. "Non riesco a riattaccare su un partner. Comunque, mi piace." Ho sorriso alla valutazione di Janeth.

"Anche a me piace", concordai, "voi due non condividete storie su di me, vero?"

Ero sicuro che Virginia avrebbe mantenuto i nostri accordi privati.

Avevo paura che i difetti del mio personaggio potessero essere la fonte del divertimento condiviso.

Non volevo andare in giro in ufficio per tutto il giorno.

"Penso che mi abbia chiesto di essere una spia." Janeth sembrava contenta. "Resta sintonizzato per qualsiasi competizione e segnalazione. Le piaci davvero."

Stavo arrossendo

"Tutte le donne sono così intriganti?" Chiesto.

"Solo quelli a cui tieni, signor Carrington", rispose lei facendo l'occhiolino. "Ti suggerisco di andartene presto e di pulirti. La camicia nera che hai indossato una settimana fa sembra molto buona per l'occasione."

Mi chiedevo se fosse Janeth o Virginia a parlare.

"Janeth?" Ho chiesto con un tono falso sinistro.

"Sì, signor Carrington?" Chiese sorridendo.

Non riuscivo a dedurre nulla dal suo sguardo.

"Chiamami Richy," dissi fermamente.

Anche questo potrebbe facilitare le nostre conversazioni.

Anche se pensavo che la camicia nera mi facesse sembrare sciocca.

"Grazie, Richy," sorrise mentre camminava verso la sua scrivania sorridendo.

Segretaria, esperta di spionaggio e moda.

Ero in buone mani.

CAPITOLO 18

Sono arrivato appena in tempo quando ho inserito 'The Meet'.

Non pensavo che ce l'avrei fatta.

Il parcheggio era stato più difficile di quanto avesse immaginato.

Il ristorante era in una vecchia sezione della città che fu costruita prima che l'auto prendesse il controllo della nazione.

Ho finito per aspettare il turno per il servizio di parcheggio.

Come previsto, Virginia stava aspettando al tavolo.

Il suo sorriso era genuino e molto gradito.

Era un luogo pubblico, quindi mi sono deciso a baciargli solo la guancia.

"Stai bene," disse Virginia.

Mi sono punito per non aver detto prima qualcosa.

"Grazie. Mi sembra di avere un nuovo consulente di moda al lavoro", dissi in modo cospiratorio.

"Mi piace molto Janeth," sorrise Virginia, "molto organizzata e sembra conoscerti bene."

"Beh, puoi essere felice di sapere che anche lei approva te." Ho sorriso "Sto iniziando a pensare di essere gestita".

"Tutti gli uomini sono gestiti, tesoro." Gli occhi di Virginia scintillarono. "Alcuni più di altri."

La sua mano trovò la mia coscia sotto il tavolo, un po 'più alta di quanto politicamente corretto.

Ritirò la mano dopo una tenera stretta che prometteva cose interessanti in seguito.

"Ho già detto quanto sei bella?" L'ho trovata un po 'più eccitante di quanto avessi calcolato, "Mi piacerebbe portarti a casa in questo momento e divorare quelle labbra rosse".

L'ho fatta arrossire, in pubblico.

La sua mano tornò e più in alto fino al mio cavallo.

Lo ha rimosso quando ha sentito la mia eccitazione.

"Oh, adoro che ti possa fare questo" E poi è apparsa la donna d'affari. "Prima cena, poi dessert" ordinò fermamente.

Potrei aspettare se dovessi.

Improvvisamente, la sua espressione è cambiata e ha rapidamente messo il palmo della sua mano contro la mia guancia, "A meno che non sia urgente, voglio dire ... Non voglio ... sai, falla male."

La sua preoccupazione era evidente.

Ho visto la loro apprensione, la loro paura confermata dal nostro primo giorno insieme.

Mi sono dimenticato del pubblico.

Ho avvicinato quelle labbra color rubino alle mie e mi sono assicurato che sapesse che qui non c'erano rischi.

Si è sciolta in me.

Poteva sentire il suo sollievo e il controllo tornare.

"Prima cena, poi dessert", sussurrai quando spezzai il bacio.

Ho adorato lo sguardo nei suoi occhi.

Quell'aspetto da "io ti ho".

Sapevo che sarebbe stata una notte indimenticabile.

***

Sono stato improvvisamente sorpreso dal fatto che una donna stesse guardando la nostra manifestazione di affetto.

Una bionda matura abbastanza ben vestita in piedi sul bordo del tavolo con la bocca aperta e la confusione negli occhi.

Non era vestita da cameriera.

Virginia rise e rapidamente afferrò un tovagliolo per asciugarmi il rossetto dalle labbra.

Questo sembrò sorprendere ancora di più la donna.

"Richy, questa è Lydia. La mia compagna in questo meraviglioso bis-bis di cui ti ho parlato," disse Virginia con un sorriso contorto di "Regola il mondo". "Lydia, questa è Richy."

Penso che volesse aggiungere qualcos'altro alla fine della sua presentazione.

Ma ci pensò meglio e concluse la frase in questo modo.

La mia mente continuava a sbattere le palpebre alle visioni di Lydia tra le gambe di Virginia.

Un rivale mi dava fastidio.

"Ciao Lydia," dissi, senza alzarmi dal mio posto.

Era abbastanza scioccata da non vedere la lotta furiosa che stava avendo.

"Piacere di conoscerti, Richy." Lydia fece quasi sembrare una domanda. "Virginia, non mi hai detto che avevi un ospite."

La sorpresa di Lydia cominciò ad evaporare e fu sostituita da un sorriso sincero.

Continuava a guardare tra Virginia e me, ovviamente cercando di capirlo.

Virginia ignorò il suo commento.

"Richy, aspetta di provare il cibo di questa donna," insistette Virginia, con orgoglio nella sua voce, "ti farà venire l'acquolina in bocca. Il miglior investimento che io abbia mai fatto."

L'affermazione sembrava riportare Lydia in modalità shock.

Non sembrava abituata a vedere la Virginia lodata.

Quindi questo era il business dei ristoranti.

"Non vedo l'ora."

Ho cercato di non muovermi in modo evidente al mio posto.

I miei pantaloni furono improvvisamente a disagio.

Virginia avrebbe pagato caro per questo.

Ho promesso di godermi ogni momento della mia vendetta.

Mi chiesi se Virginia avesse esagerato la lunghezza della lingua di Lydia.

"Troverò il cameriere a questo tavolo." La compostezza di Lydia tornò, insieme al suo sorriso accogliente. "E per vedere se riesco ad accelerare un po 'la cucina."

"Grazie, Lydia," disse Virginia, quasi sembrando che la stesse licenziando.

Lydia andò alla ricerca del cameriere.

"È stato particolarmente negativo", ho affermato.

"Ho pensato che potresti aver bisogno di un contesto. Una storia senza contesto è, beh, solo una storia", ha spiegato Virginia.

"Ti rendi conto di cosa ti farò quando saremo soli ..." L'ho minacciato.

"Sto contando su quello," rifletté Virginia, "ho deciso che volevo essere violentata stasera. Naturalmente, se è troppo per te da sopportare, posso portarti nella stanza sul retro in questo momento."

Lei era assolutamente seria.

Immagino che quella cosa di negazione e dolore ci avrebbe pesato per un po '.

Finché sapevo che la fine era in vista, i miei impulsi potevano essere soffocati.

"Oh no. Ci vorrà del tempo per pianificare", ho scherzato, "strappare è un'arte, non una scienza."

Penso di averla vista contorcersi un po '.

Forse non ero l'unico con un pensiero vergognoso.

***

La cena fu buona come aveva descritto Virginia.

Ho avuto la cernia fresca arrostita più gustosa che abbia mai assaggiato su un letto di cavolo.

Si è praticamente sciolto nella mia bocca.

Lydia ha inviato il vino perfetto al tavolo per accompagnare il nostro pasto e completare l'occasione.

Virginia e io parliamo, ridiamo e ci divertiamo l'un l'altro.

Mi piaceva uscire con questa donna.

Poco prima della fine del pasto, Virginia si scusò per usare il bagno.

Se ne andò solo per pochi secondi quando Lydia scivolò rapidamente sul sedile di Virginia.

"Che cosa le hai fatto?" chiese con un sorriso raggiante.

"Scusate?" Sapeva cosa intendeva dire, ma non era sicuro di come rispondere.

Ho bloccato

"Non l'ho mai vista così felice," ammise Lydia, "ora che ci penso, non l'ho vista mostrare altro che" essere una cagna "in pubblico."

Immagino che pensasse che avrei capito il suo commento.

Che non l'avrebbe preso come un insulto alla Virginia.

Ho capito.

Ho deciso di dire la verità.

"Immagino sia perché la amo" dissi con una faccia seria.

La faccia di Lydia si illuminò.

"Mio Dio, penso che anche lei ti ami", disse. "Non pensavo che qualcuno si sarebbe nascosto sotto quella conchiglia. Per favore, non spezzargli il cuore. Ad esempio, non vorrei essere in giro se fosse successo."

Non riuscivo a contenere la mia risata.

Mi è venuta in mente l'immagine di una Virginia arrabbiata che vaga per il mondo e ondate di persone hanno sentito la sua rabbia mentre passava.

"Cosa è così divertente?" Virginia era in piedi dietro di noi con le mani sui fianchi.

Lydia si fece piccola.

Ho sorriso e ho gettato la testa indietro.

"Sto solo parlando di te, amore mio" dissi con affetto.

Ho visto la smorfia di Virginia svanire.

Mi baciò all'indietro e si sedette su una sedia vuota.

Lydia sembrava non voler più essere lì.

"Posso sapere cosa è stato detto?" Virginia si consultò con la sua espressione "Io sono il migliore per ottenere una risposta".

Lydia non sapeva cosa dire.

Ma dire la verità un po 'cambiato è stata la chiave, con tutte le parti buone ma alcune lievi omissioni.

"Ho detto a Lydia che ti amo. Mi ha detto che è meglio non spezzarti il cuore." Mi piace molto quando ho ragione.

Una Virginia dagli occhi bagnati abbracciò Lydia come se fossero amici perduti.

La confusione di Lydia è stata molto divertente per non dire altro.

La loro relazione non era mai andata oltre il sesso.

Da quello che ho potuto vedere, nessuna delle relazioni passate di Virginia significava nulla per lei.

Fino a me, erano tutti un mezzo per un fine e niente di più.

"Questo non significa che puoi perdere le vendite in questo trimestre", ha detto Virginia in lacrime mentre si asciugava gli occhi.

Lydia sorrise quando apparve la Business Lady più familiare.

"Non mi sognerei di deluderti, signora ... Buttingson."

Lydia si controllò e perse il sorriso.

I suoi occhi si spostarono su di me e poi si allontanarono colpevolmente.

Per il suo bene, fingevo di non essermene accorto.

Fortunatamente, Virginia fece lo stesso.

"Sono molto felice per entrambi." Lydia si riprese rapidamente e si alzò in piedi. "Devo occuparmi degli altri clienti, quindi goditi il resto della serata."

Ci salutammo con grazia mentre usciva, controllando i tavoli lungo la strada.

Quando fu a corto di orecchie, mi diressi verso Virginia.

"La tua storia mi ha lasciato l'impressione che fosse più una ragazza", dissi con un luccichio negli occhi.

"Pensavo che ti sarebbe piaciuto di più," disse Virginia, di nuovo con il suo sorriso malvagio.

Si sporse nel mio orecchio e mi sussurrò:

"Non pensavo che volessi sapere delle strisce che ho segnato sul suo sedere o di quanto abbia imparato a divertirle."

Ho sentito un brivido attraversarmi.

"Veramente?" Balbettai.

Nuove visioni apparvero dietro i miei occhi.

"La ragazza è deliziosamente disordinata quando cums", sussurrò Virginia, mentre mi solleticava l'orecchio, "la vista del suo appassire e coprire le lenzuola era così bella."

La vita con Virginia non sarebbe mai noiosa.

Il mio cazzo ha adorato la sua voce.

"Ti porterò a casa ora", lo informai.

Potrebbe essere stata una passeggiata imbarazzante verso l'auto, ma l'attesa non era più molto desiderabile.

"Pensavo che non l'avresti mai chiesto," sussurrò.

"Non l'ho fatto", dissi con falso coraggio.

Virginia rise e fammi pensare che ero al comando.

CAPITOLO 19

Quella notte e le notti e i giorni seguenti furono i migliori della mia vita.

Abbiamo imparato i reciproci limiti e poi li abbiamo ampliati.

Per me quello era un mondo completamente nuovo.

Per lei era un universo completamente nuovo.

Ho visto le sue labbra rosse nei miei sogni.

Erano buoni sogni.

Sono sempre stato sorpreso quando quei rubini mi hanno svegliato la mattina.

E la compagnia era sulla stessa strada veloce del mio cuore.

La mia squadra era in crisi.

Tutto ciò che abbiamo fatto è uscito puzzando di rose.

Vedevamo tutti segni di dollaro nei nostri sogni.

* * *

Venerdì sera è stata la mia prima calma in paradiso.

Virginia aveva un precedente impegno.

In realtà, mi sono sentito bene.

Non ero sicuro che avremmo potuto tenere il passo con il ritmo che stavamo portando a lungo.

Questo, inoltre, diceva che sabato sarebbe stato tutto mio.

Pensavo di poterlo prestare nel resto del mondo per una notte.

Così ho passato venerdì sera a lavare e pulire il mio appartamento.

Ho dovuto ridere dell'ironia.

Qui aveva una relazione impegnata, ma era solo venerdì sera.

Il mio povero pene potrebbe approfittare del resto comunque.

CAPITOLO 20

Mi sono fermato a casa in Virginia sabato mattina.

Inutile dire che era di ottimo umore.

Avevamo intenzione di fare una passeggiata intorno allo zoo ed uscire per pranzo o cena, a seconda di quale evento si verifichi per primo.

E incontri sessuali non pianificati sarebbero un dato di fatto.

Anche se stavo cominciando a pensare che Virginia effettivamente programmasse la maggior parte di loro.

Ho accettato l'illusione perché mi andava bene.

Ma la mia vita è stata frantumata quando ho aperto la porta.

Virginia era nuda e in ginocchio sul freddo marmo al centro dell'atrio.

Le sue mani erano dietro la schiena e il sangue gli colava dalla bocca.

Stava ripetendo "Mi dispiace" come un mantra mentre fissava lo spazio.

Mi bloccai per un secondo, pensando che forse era una specie di trucco.

Sono uscito dalla trance e sono corso da lei, chiamandola per nome.

Aveva lividi dappertutto e i suoi occhi non mi vedevano.

L'ho attirata da me nel tentativo di riconoscermi.

Stava iperventilando il suo mantra e non sapeva nemmeno che fossi lì.

Mi si è spezzato il cuore.

Qualcuno aveva distrutto il mio angelo di porcellana.

L'ho tenuto mentre estraevo il telefono dalla tasca.

Ma due mani forti mi afferrarono per la camicia, mi sollevarono e mi gettarono contro il muro.

La mia schiena ha colpito le piastrelle, momentaneamente paralizzando la mia colonna vertebrale.

Il mio telefono è andato in volo.

Attraverso le stelle che apparvero nella mia testa, vidi una specie di montagna di uomini muoversi verso di me.

Mi sono costretto a rimettermi in piedi, cercando di formare una sorta di difesa.

Più veloce di quanto potessi reagire, una grossa mano mi avvolse il collo e mi bloccò contro il muro e cominciò a sollevarmi.

L'altra mano mi ha colpito lo stomaco.

Stavo soffocando nel mio vomito.

"Quindi sei il figlio di puttana che ha riempito la testa di mia sorella di merda" ringhiò.

I suoi occhi non lasciavano spazio alla misericordia.

Ho lottato per tirargli il braccio, per diminuire la tensione nel mio collo.

"È mia, piccola cimice. Lo è sempre stata."

La sua dichiarazione è stata seguita da un altro pugno.

Non riuscivo a respirare abbastanza per urlare.

La sopravvivenza fa cose strane alla mente.

Riporta ricordi di cose a cui non avevi pensato da anni.

Ho avuto una lezione di autodifesa una volta, quattro ore intere nell'esercito.

Fu poco prima che la nostra unità fosse schierata in Afghanistan per un breve periodo di tempo.

"Gli americani non combattono in modo equo", ha detto il sergente, "usiamo la tecnologia e la logistica per uccidere i nostri avversari prima che sappiano che sono in lotta. Ma come sempre, le cose si complicano e potresti ritrovarti in una lotta leale. I talebani non hanno né il potere della nostra tecnologia né le nostre armi. Sono accatastati con l'allenamento in mischia. Ho solo quattro ore per insegnare loro a sopravvivere a una lotta leale. Sfortunatamente, ci vorrebbero anni, quindi vado a insegnare a imbrogliare ". Potevo ancora sentire la sua voce rauca. "Utilizzeranno tutto ciò che trovano come arma. Il suo elmetto, che pende dal suo sottogola, è una mazza meravigliosa. Abbastanza forte da spezzare le ossa. La sua squadra ha appeso una mensa piena d'acqua. Ma qualunque cosa non tentare di minacciare questi ragazzi con i pugni. Saranno surclassati. Quindi è meglio colpirli a morte con il calcio del tuo fucile. Tutto per tenerli a distanza di un braccio. Se tutto il resto fallisce, voglio che tu ricordi: in occhi e orecchie. Scopali e ti lasceranno andare. E le orecchie escono come bucce di banana; ti lasceranno andare. "

Tutto il resto era fallito.

Stavo lentamente morendo.

Gli lasciai il braccio, affondai più profondamente nello starter e poi gli afferrai le orecchie.

Il suo grido fu più forte di quanto mi aspettassi quando tirai con tutte le mie forze.

Il sergente aveva ragione: mi ha liberato.

Lasciai cadere la sua carne e afferrai la lampada nel soggiorno e la accesi.

Il suono era disgustoso quando la base della lampada affondò nel lato della sua faccia.

Cadde in ginocchio e crollò a terra.

All'improvviso ci fu solo silenzio, tranne per il mantra della Virginia.

Ho lasciato cadere la lampada e poi ho fatto colazione.

Strisciai ansimando al telefono.

Era tutto morto.

Tutti i miei sogni, almeno quelli che contavano, erano spariti.

Componii il 911 e strisciai verso il mio amore infranto.

Non poteva vedermi o sentirmi.

Tutto ciò che le era crollato.

L'ho tenuta così finché non mi hanno portato via da lei, il suo mantra echeggiava ancora.

E poi mi sono rotto.

CAPITOLO 21

I mesi che seguirono furono un'anteprima dell'inferno.

I tabloid hanno scoperto la storia e la stampa mainstream ha seguito l'esempio.

Storie sporche alimentavano i giornali.

Ricchezza, incesto, stupro, percosse e Virginia non persero da nessuna parte.

Era ciò che suo fratello aveva creato.

Solo un guscio amaro forgiato attraverso anni di tormento.

L'ho trovato all'interno del guscio, ma poi, una mattina, l'ho perso.

Il mondo era nero per me; Non c'era colore.

Mi sono dedicato completamente all'azienda.

Sarei diventato un capo dittatoriale nato dall'odio che non aveva nessun posto dove andare.

Volevo e avevo bisogno che gli altri sentissero il mio dolore.

Sono partito presto una mattina, dopo aver pianto Janeth.

Ho camminato per le strade e ho trovato poco sollievo per il mio disagio.

Sia l'impiegato che l'artista hanno cercato di dissuadermi.

Avevano sentito le storie e riconosciuto la mia faccia.

Ma i soldi hanno comprato dolore.

La sua avidità annullò la ragione.

Divertirsi.

È stato il mio "raccolto di equitazione" per scelta.

* * *

Sono tornato quel pomeriggio come me stesso.

Mi sono scusato, tra le lacrime, per Janeth.

E ho dato scuse più imbarazzanti agli altri.

Tutti hanno capito, ma non avrebbero mai capito fino in fondo.

Sono tornato per più dolore il giorno successivo.

Ho amato la sensazione di essere scolpito.

Mi fa ricordare di lei e dimenticare ciò che ho visto quel sabato mattina.

Mi mancava la mia cagna.

***

Non hanno permesso a nessuno di vederla durante quel primo mese.

Sono stato schiacciato quando ha rifiutato di vedermi dopo.

Ho aggiunto più dolore alla mia giornata.

Non sarebbe bastato.

Fu Lydia a trovarmi ubriaca e sul tetto del mio palazzo.

Non avrebbe saltato, anche se cadere era una possibilità diversa.

Lei, l'unica persona che conosceva la metà di ciò che mi stava accadendo, mi abbracciò.

"Nessuno lo sapeva, Richy" disse il mio essere ubriaco.

"L'ha rotto perché non ero lì!" Ho urlato.

Ma non mi sono mosso dal suo abbraccio.

Mi ha ricordato Virginia.

"Dagli solo tempo. La nostra Virginia tornerà e ci manderà in breve tempo", ragionò e mi abbracciò più forte.

Non potei fare a meno di ridere.

Quel primo giorno con Virginia era stata una maledizione.

Ma cambierei ogni giorno, da ora in poi, per rivivere quella maledizione.

Almeno Lydia l'ha capito.

***

Abbiamo trascorso il pomeriggio a scambiare storie sulla Virginia.

A modo suo, Lydia adorava Virginia.

Virginia ha portato a "The Meet" un grande successo e ha rivelato a Lydia parti di lei che erano rimaste nascoste.

Virginia aveva sempre temuto un contatto incontrollato.

Lydia era stata troppo presto una volta ed era stata colpita dalla rabbia di Virginia.

È stato il mio massaggio, quello che ho copiato dalla nave da crociera, che ha iniziato a rompere il suo guscio.

Insorgenza lenta e scorrevolezza controllata.

Ha alimentato il suo bisogno represso del tocco umano.

La sua confusione, mista a rabbia, quando maneggiavo il suo sedere aveva un senso.

Gran parte di ciò che stava accadendo in Virginia aveva più senso mentre parlavamo.

"Vorrei solo che mi permettesse di visitarla", dissi mentre l'alcool evapora lentamente dal mio sistema.

"Pensi che la fermerebbe?" Chiese fermamente Lydia. "Se le avessi detto che non poteva vederti, pensi che potrebbe farle cambiare idea?"

Ho sorriso al pensiero.

Mi ero crogiolato nell'autocommiserazione, mentre la donna che amavo sguazzava nella sua.

"Cazzo no!" Risposi: "mi avrebbe piegato e mi avrebbe fatto strisciare sulle mani e sulle ginocchia per chiedere perdono".

Lydia annuì con un sorriso consapevole.

Diedi a Lydia un bacio sulla guancia.

"Ho intenzione di riavere la mia cagna."

CAPITOLO 22

Virginia era in una struttura privata fuori dalla portata della stampa.

Era il posto migliore che i suoi soldi potevano comprare.

Sembrava più un country club che un ospedale psichiatrico.

Sono entrato nella sezione dedicata alla visita un lunedì, con un Kindle carico fino all'orlo.

Avevo un piano e mi ci sarebbero voluti alcuni giorni per attuarlo.

Sapeva che era testarda e il suo nome era Virginia.

"Per favore, informa Virginia Buttingson che Richard Carrington è qui per visitarla."

Sapevo già quale sarebbe stata la risposta dell'infermiera, ma in un posto come questo, la richiesta sarebbe arrivata dalla Virginia.

Mi sono seduto e mi sono sistemato nella sala d'aspetto.

E mentre leggo.

***

Ho ripetuto la stessa operazione dopo pranzo, mi sono seduto e ho letto un po 'di più.

Per altri due giorni, ho ripetuto il processo.

L'unico vantaggio è che sono stato in grado di spostarmi nella mia lista di cose da fare.

Il quarto giorno ho innescato un po 'di più l'amo.

"Si prega di informare Virginia Buttingson che Richard Carrington non lavora da quattro giorni."

Le sopracciglia dell'infermiera si sollevarono su mia richiesta.

"Parola per parola se tu fossi così gentile."

Mi sono seduto e ho iniziato a leggere.

Non riuscivo nemmeno a finire un CHAPITRE.

"Signor Carrington" disse l'infermiera.

Aveva un sorriso sul suo viso.

Penso che ci fossimo piaciuti negli ultimi giorni.

"Il dottor Hincking vorrebbe che lo vedessi nel suo ufficio."

Mi alzai con un'espressione piuttosto compiaciuta sul mio viso.

La mia bambina era ancora preoccupata per i suoi investimenti.

Non sarebbe potuta andare del tutto.

"Signor Carrington ..."

Ma ho interrotto rapidamente il dottore.

Richard per favore. Era ancora un po 'vivace.

"Va bene Richard," continuò il dottore, "la signora Buttingson ha acconsentito a incontrarti finché sarò presente. Penso che voglia che tu agisca da cuscinetto. Potresti non essere soddisfatto del risultato."

Ho sorriso al dottore.

Non avevo idea di cosa Virginia avesse bisogno.

Aveva bisogno di riavere il proiettile e questo idiota probabilmente stava cercando di distruggerlo per sempre.

"Non ti dispiacerà se rimango un po 'più ottimista, vero?"

Sembrava un grosso stronzo, ma era quello che Virginia avrebbe detto.

Farebbe meglio a farlo.

Il dottore perse la falsa amicizia che stava cercando di proiettare.

"La sua spudoratezza è profonda, Richard. Non voglio che annulli fino a che punto è arrivato."

Il medico era sottoposto a cure regolari.

Non avrebbe mai funzionato con Virginia.

Aveva bisogno del mio rimedio per la colla per rimetterlo insieme.

"Mantieni i tuoi commenti su" oggi "; non fare promesse che non possono essere mantenute. Ha bisogno di stabilità e di verità solide, non di sogni."

"Ha specificato che dovrebbe avere cosa dirmi?"

Stavo diventando arrogante.

Ho visto l'irritazione sul viso del dottore quando si è reso conto che potrebbe non collaborare.

Ecco come si sentivano le persone quando Virginia gettava tutto il suo peso.

È stato un po 'inebriante.

Si è appena concentrato sul suo obiettivo e rovina tutti coloro che cercano di rallentarlo.

"Okay. Ti faccio sapere ora che ti ho consigliato di non farlo." Il dottore era furioso, ma ero euforico. "Ritengo che il tuo tipo di relazione non ti farà bene. Ora hai bisogno di una relazione più tradizionale." Ho sorriso alla sua ignoranza. "Beh, ti ho avvertito il meglio che potevo. Agirò come mediatore e farò sentire la tua opinione. Mantieni la visita cordiale e per favore non essere arrabbiato con lei se non vede le cose a modo suo."

"Questo non è antagonista. Capisco, dottore."

Ho sorriso al suo sospiro.

Mi stavo divertendo più di quanto avrei dovuto.

Il dottore era comunque un culo pomposo.

Prese il telefono e disse al suo segretario di far entrare Virginia.

Virginia entrò e io cercai di non fare una smorfia.

Sembrava essersi ripiegato su se stesso.

Ha detto "ciao" debolmente, con un'ulteriore dose di timidezza.

Annuii e la vidi camminare lentamente, quasi barcollando, dall'altra parte del divano.

Un buon abisso di quattro piedi di pelle ci separava.

Ho lasciato che l'idiota guidasse la conversazione.

Trascorse alcuni minuti a monologizzare sulla guarigione e sui nuovi inizi.

Passò attraverso un orecchio e ne uscì l'altro.

Immagino abbia deciso di partire per alcuni esercizi di costruzione emotiva.

È stato un suo errore, non mio.

"Ora Virginia, quando guardi Richard, cosa vedi?" chiesto clinicamente.

Ho guardato Virginia che stava lottando per guardarmi.

La sua vergogna era evidente; la sua forza era stata tolta da lui.

"Paura", disse piano, "forse vergogna e perdita."

Si coprì gli occhi prima di finire.

Persino le sue labbra avevano perso il loro splendore.

"Questo è più difficile di quanto pensassi", ha detto guardando il divano.

"È così che guariamo, Virginia," la consolò il dottore.

Quindi fece il suo secondo errore.

Il primo è stato quello di farmi entrare nella stanza.

"Cosa vedi quando guardi Virginia, Richard?"

"Qualcuno per tutta la vita", ho risposto in modo rapido e chiaro.

Stavo guardando direttamente Virginia, incrollabile nella mia devozione.

La sua testa scattò alla mia parola.

"Puoi chiarirlo?" Chiese nervosamente il dottore.

"Non importa", era pronto a prendere in giro il dottore.

Questi ragazzi sentimentali sono tutti uguali.

Troppe parole, ma non abbastanza sentimento.

Virginia mi stava guardando.

Ho visto che la sua forza stava tornando.

"Pensavo che avessimo parlato di non fare promesse, signor Carrington."

Il dottore era sempre più irritato.

Penso che si sentisse come se lo stesse ignorando.

E così è stato.

"Non importa?" Chiese Virginia un po 'più chiaramente.

Il suo corpo si sporse verso il mio.

Ero la sua colla.

"No, l'ho già detto."

Non ho mai distolto gli occhi dai suoi.

Ho visto la sua paura svanire, il che mi ha fatto sorridere.

Lei mi ha sorriso.

Era il suo sorriso amichevole e accogliente.

Eravamo quasi arrivati.

"Penso che dovrò finire ..."

Ho interrotto il buon dottore prima che la sua terapia rovinasse la mia ragazza a vita.

"Sta 'zitto!" Ho ordinato con il veleno.

Stava usando la mia faccia "Sto per strapparti le orecchie" quando mi voltai verso di lui.

Sorprendentemente, chiuse la sua fottuta bocca.

Sono tornato con il mio sorriso in Virginia.

Era strisciata completamente sul divano e si stava lentamente muovendo verso di me.

Non mi sono mosso verso di lei.

Aspettare.

"Non importa?" ripeté mentre si avvicinava ancora di più.

Il suo sorriso e gli occhi cambiarono in uno sguardo più forte.

Più di lei era tornata.

C'era solo un'altra cosa da dire.

"Sì, padrona."

Ho messo tutto ciò che avevo in quelle due parole.

Ho sentito il dottore sussultare.

Virginia si lanciò in avanti e tra le mie braccia.

I suoi occhi erano di nuovo vivi.

Mise la guancia vicino alla mia.

"Devo legarti, trattenerti," sussurrò.

Potevo sentire il suo bisogno di controllo.

Aveva perso così tanto negli ultimi due mesi.

"C'è un negozio di ferramenta a un paio di miglia lungo la strada."

Ero fidanzato.

Valeva tutto.

"Potrebbe farti del male."

Stava quasi singhiozzando quando lo disse.

Mi prese la testa tra le mani e mi guardò con gli occhi bagnati.

Ero ossessionato dalla necessità di controllarmi completamente e dalla necessità di amarmi.

Tutto ciò che ho visto è stato amore.

Allungai la mano e mi tirai per il colletto della camicia, quasi strappandolo, per esporre il petto sinistro.

Un elaborato tatuaggio che scriveva "Virginia" era sul mio cuore.

Arte intricata, nata da ore di dolore.

La volevo oltre ogni ragionevole ragione e ho accettato ciò di cui aveva bisogno da parte mia.

Mi ha dato il benvenuto.

Virginia si alzò elegantemente e guardò con disprezzo il dottore:

"Me ne vado, dottore."

La cagna era tornata.

Il dottore saggiamente annuì.

Penso di aver visto un po 'di paura nei suoi occhi.

Ci sono voluti meno di quindici minuti per uscire da lì.

L'imballaggio normale è stato ignorato a favore del metodo rapido di tutto mentre cade nella valigia.

Quando chiuse la valigia, qualcosa gli attraversò la mente e mi guardò con occhi seri.

"Andrebbe bene se non avessimo mai parlato della mia famiglia?" Lei mi ha chiesto.

L'ultima deriva "sensibile al combattimento" per guarire non è neanche lei.

"Preferirei che non ne parlassimo mai", risposi.

Ho maledetto il giorno in cui ho incontrato suo fratello e sospettavo che anche il resto della sua famiglia avrebbe fatto schifo.

Virginia sorrise e afferrò i capelli dalla parte posteriore della mia testa e avvicinò le mie labbra alle sue.

Ho sentito la sua forza nel bacio e questo ha viaggiato direttamente fino all'inguine.

Mi aprì le labbra e indicò la sua valigia.

Ho sorriso e l'ho preso.

"Ti farò del male perché ne ho bisogno. Non ti negherò," disse Virginia con un sorriso malizioso, "e dobbiamo smettere di comprare un rossetto."

Erano passati due mesi da quando avevo avuto un'erezione.

Il mio cazzo stava compensando il tempo perso.

"Adoro che posso farti questo," fece le fusa mentre mi guardava tra le gambe.

La notte è stata squisita.

.

FINE

www.ingramcontent.com/pod-product-compliance
Lightning Source LLC
LaVergne TN
LVHW091105150826
845673LV00002B/726

* 9 7 9 8 2 3 0 7 3 7 3 6 0 *